JN055989

シーツで溺れる恋は禁忌

誰もが誰かの『一番』になりたいと願っている。

誰もが誰かの『一番』になれる可能性を持っている。

けれど私はいつも『一番』になれない。

『二番目』にしかなれない。

誰かの『二番目』――それが私のポジション。

第一章　SIDE　恵茉（えま）

好きな男以外には触れられたくない。

それが女のセオリーなら、早川（はやかわ）恵茉にとってやはりこの男は『好きな男』にあてはまるのだと思う。

薄い唇が肌をなぞる感覚が好きだ。男性にしては細い指も、体を重ねた時の重みもしっくりくる。

セックスに相性があるのだとすれば、まさしく彼との相性はいいのだろう。

それともこれは経験を重ねたせいなのか。

男とのセックスを繰り返すたびに、自分の中から生まれてくる女としての悦び。

覚えて馴染んでしまった快楽を、知らず自ら追い求めてしまう。

彼がそれを与えてくれるから好ましく思うのか。

恵茉はうっすらと目を開けて男を見つめた。

眼鏡をはずしたその顔は、いつも冷静な彼と違って見える。ムースで固めている髪が一筋、額にかかる。眉根を寄せて欲に耐える。そんな艶のある姿を見られるのは、きっとこの時だけ。

穏やかで落ち着いた関係は居心地がいい。だからこのまますんなり続いていけばいいと思っていた。自分たちの間に激しい恋情はなくとも、人としての好意はあったはずだから。

「ごめん……」

体を起こしてベッドに座った男の背中を、恵茉はぼんやり眺めた。その背中は広いはずなのに、今は小さく見える。

恵茉はわからないように小さく息を吐いた。

「いいえ。私じゃ高城さんを満足させてあげられないみたい」

「そういうわけじゃ」

恵茉もシーツで体を覆いつつ上半身を起こした。膝をたてて乱れた髪をかきあげる。ベッドサイドのライトが男の影を壁に映していた。うなだれた影の形にさえ哀愁が漂う。

恵茉の中では、かすかに逡巡が生まれていた。

今夜はうまくいかなかった。男性は疲れていればそんなこともある。

このまま黙っていればいいのだ。

彼だって、自分の本音にあえて気づかないふりをしている。

彼との関係をこのまま続けていきたいのであれば、恵茉はなにも言わないほうがいい。彼の本心など見ないふりをして、今まで通りそばにいればいい。

けれど——この男は誰かの『一番』になれる可能性を持っている。

「もしかしてあの子が本命ですか？」

「え？」

「さっきホテルのロビーですれ違った……かわいらしくて、明るくて元気そうな子」

結婚式にでも出席していたのか、甘い感じのする薄桃色のミニドレスを身にまとい、それがとても似合っていた。

彼らは互いに気づくと、ほんの少し戸惑いつつ挨拶を交わした。

彼は『結婚式？』と聞いて、頷いた彼女は『デートですか？　綺麗な彼女でびっくりしました』と言った。『君も今日は馬子にも衣装だな』『高城さん、なにげに失礼ですね』と親しげに会話を続けた。

敬語を使っているのに、どことなく二人の間には対等な空気があった。

そんな気さくな態度をとる彼を初めて見た。それは恵茉が知らなかった男の姿。

そうして彼女が頭を下げて去っていくと、彼は無意識にそのうしろ姿を目で追った。

おそらくいつもと違う雰囲気の着飾った彼女のかわいらしさに惹きつけられたのだろう。目を細めて、優しく慈しむような眼差しを向ける彼を見た時、恵茉は男の本心に気づいてしまった。

高城の好みがああいうタイプだとは意外だった。だったら、どうして自分と付き合っているのだろうと恵茉は不思議でならない。

高城が本気になるとしたら、自分みたいなタイプか、もしくはお嬢様タイプの穏やかな女かと思っていた。

恋愛なんかあまり興味がなくて、むしろ出世のための結婚さえしそうな感じもあったのに。

恋愛に興味がないんじゃない。淡白なわけでもない。

相手が彼女でなければ、彼の熱は生まれないだけ。

高城は恵茉の台詞に目を瞠ると、じっと見つめてきた。予想外だったのか反論する術も失っているように見える。

いつも冷静で落ち着いている高城の小さな狼狽を見ると、もっとこんな表情を引き出して、いろんな彼を見つけていきたかったなと思う。

けれどそれを見せてもらえるのは恵茉ではない。

高城はきゅっと口を結んだ後、開いては閉じる動作を繰り返してから最後に細い息を漏らした。

「……なんで、そう思う？」

「あの子に対する高城さんの態度や表情を見て、かな。あんなあなた見たことなかったから」

「そんなにあからさまに態度に出しているつもりはないんだけど」

「こんな風に戸惑っている時点で、あの子が本命だって言っているようなものです」

「君は意地悪だな」

「意地悪ですよ」

彼が前を向いた後、彼女が振り返って見せた表情まで教えてあげるつもりはない。それぐらいの意地悪は許してもらおう。

「今、僕が付き合っているのは君だ」

「そうですね、大人のお付き合いですけど。こういう関係を続けていたら、高城さん、幸せを逃がしちゃいますよ」

「僕は……」

「今なら私、高城さんを笑って見送れます。あの子への気持ちが生まれているのを自覚しているんでしょう？　だったら、素直になってください」

「恵茉」

「私、これでもプライドはあるんですよ。高城さんの一番になれそうにないなら、私はリタイアさせてもらいます。シャワー先にいただきますね」

なにかを言いたそうな高城をおいて、恵茉はバスルームへ向かった。

彼の気持ちすべてが自分に向いているとは思っていなかった。

恵茉だって、彼でなければならないと思うほどの強い気持ちはなかった。

それでも二人で積み重ねてきた時間が確かにあって、肌を合わせて生まれた感情がお互いの中にはあった。

シャワーを浴びながら鏡に映る自分の顔を見る。

泣きそうなその表情で、恵茉は自分が傷ついていることに気づく。

だったら余計なことを言わなければよかったのだ。高城の本心など見ぬふりをしていれば、二人の関係はこれまで通り、淡々としながらも平穏に続いたはずだ。

でも恵茉は今日、彼の本命の姿を目にした。

明るくて元気で無邪気な、まるで恵茉とは正反対の女の子。

素直じゃないところさえかわいらしくて、甘やかしたくなるような存在。

だから傷ついているのはきっと高城のことを好きだったせいではなく、彼の本命を知ったせい。

自分がやっぱり『一番』じゃなかったことを思い知らされたせい。

「やっぱり、ああいう女の子がいいのかな……」

恵茉は思わずそう口にした。その瞬間ある顔が浮かんで、すぐに慌ててうち消す。

鏡には黒髪が肌にへばりついた女の顔が映る。それはまるで醜(みにく)さと卑(いや)しさを内包しているように思えた。

＊　＊　＊

休憩のために寄った社内のカフェスペースで、恵茉は何気なくスマホの画面を見た。普段はあまり気にしないのに、金曜日の夕方近くになるとこうして確認する癖がついている。それは、この時間帯に高城から誘いのメッセージがくることが多かったせいだ。

別れて数週間経つのだから当然、着信もメッセージもあるはずがない。それでもこんな瞬間、恵茉は不意に高城のことを思い出してしまう。

だけど多分これは未練じゃない。

高城とあの女の子がうまくいったかどうか気になるのは、彼女が恵茉とは正反対のタイプだからだ。彼女の姿を思い浮かべると、自分には女としての魅力がどこか欠けているのかもしれないと気落ちして、ため息をつきたくなった。

別れを仄(ほの)めかしたのは自分でも、あの状況だときっと振られたのは恵茉のほうだ。

おかげで惨(みじ)めな感覚がずっと残っている。

不意に隣に人の気配を感じて恵茉は顔をあげた。

「お疲れ」

「お疲れ様」

同期の男に声をかけられて、恵茉はわずかに緊張した。

堤湊(つつみみなと)は恵茉と目を合わせることなく、自動販売機の前に立って飲み物を選ぶ。海外事業部の彼がこのフロアのカフェスペースに来ることはあまりない。社内でこうして会うのは久しぶりだった。

一日の疲れなど感じさせない濃紺のスーツの背中。隙のないその姿は相変わらず独特の存在感を放つ。少し髪が伸びただろうか。涼し気な目元にかかる前髪が、やけに色気を醸し出している。

後輩の女の子たちがこの場にいれば目の保養だと騒ぎそうだが、振られたばかりの恵茉にしてみれば、リア充そうな男の姿はただ気が滅入るだけだ。

こんな時は仕事に精を出すしかない。

自分の部署に戻ろうと椅子から腰をあげかけた時、恵茉の目の前にカップが差し出された。

「なに？」

「ミルクココア。おまえ好きだろう？」

恵茉は湊をじっと見上げた。

入社当初から落ち着き払った男だった。整った容姿も冷静な仕事ぶりも社内では際立つ。そんな自分の魅力を存分に理解して、それを上手に利用する強かさもある。年齢を重ねてきた今、そんなずるささえも魅力の一部になっている。

ただの同期の女の好みを把握している時点で、その手練手管がわかるというものだ。

「……ありがとう」

恵茉はくやしさを隠して素直にカップを受け取った。自分がいつも飲むホットであることがさらに憎らしい。

湊はわずかな距離をあけて恵茉の隣に座る。

「珍しいわね、ここに来るの」

「……まあ、そうだな」

彼の所属する部署の近くにもカフェスペースはある。それなのにわざわざここに来たのは、このフロアに用事でもあったのだろうか。それともお気に入りのドリンクの銘柄でもあるのか。

不意に別の理由を思い浮かべそうになって、恵茉はすぐさまそれを振り払った。

さっさと飲んで仕事に戻ろうと口に含む。

「別れたって聞いた」

火傷しそうなほどの温度ではないのに、口の中が熱くなった気がした。

幸い周囲に人の気配はない。そういうところはきっと抜かりがない男だ。

「そう……傷心なのをからかいにでもきたの？」

恵茉はわざと明るい声で言った。

男と別れたなんて、できれば知られたくない。だから友人にだってすぐに教えたりはしなかった。

どうしてこの男に自分のプライベートが筒抜けになるのか、不思議でならない。

「まさか！　傷心ならメシでも奢ろうと思っただけ」

「ふうん、奢ってくれるんだ」

「ありがたいだろう？」

そうね、と恵茉は思う。

この男と一緒に食事をしてみたい女はたくさんいる。

湊を誘う女はいても、こうして誘われる女は少ないはずだ。

自尊心をくすぐり優越感を与える。

男と別れたばかりの女には、いつも以上に魅力的に思える申し出。

『結構です』と言って断ればいいのに、年を重ねるとずるくなる。

そんな自分が嫌な気もするし、受け入れられるほど大人になったのかもしれないとも思う。

「堤くん、残業ないの？」

「あったら誘わない」

『どうして誘うの？』

いつも口をついて出そうになる言葉。

それを聞けば、自分たちの関係は呆気なく消えてなくなってしまうほど儚いものでしかない。

「そう。じゃあ今日はイタリアンな気分かな」

「了解。後で連絡する」

湊は椅子から立ち上がると、恵茉の持つカップが空なのを確かめてすっと取っていく。二つのカップを重ねてダストボックスに入れ、そのまま去っていった。

男には二種類。

好きな男か、それ以外か。

もしくは、抱かれていい男か、触れられたくない男か。

堤湊は恵茉にとって、抱かれていい男だった。

＊＊＊

『堤さん、S社の受付嬢とこのあいださ……』

そんな噂話が恵茉の耳に入ったのは三か月ほど前だ。あの男が恋人と別れると、すぐに女子社員の間で噂になって広まるから、おそらく付き合いは今でも続いているはずだ。

綺麗系よりかわいい系。

しっかりしている女より愛嬌（あいきょう）のある女。

気さくで親しみやすくて、ふわふわとした女の子らしさがある子。

堤湊が付き合うのはそういうタイプの女だと噂が広がったのはいつだったか。その噂には、でも社内の女とは付き合わないらしいけど——と続く。

だから社内の同期でなおかつ彼の好みとは正反対のタイプである自分が、湊とこういう関係になるとは想像もしていなかった。

この男が選んだイタリアンは、高級すぎず、カジュアルすぎず、なおかつちょっとシックな雰囲気で本命相手にならぴったりのお店だ。

コース料理ではなく、本日のお薦めであるアラカルトをいくつか頼んで二人でシェアをした。

周囲からはきっと仲のいい恋人同士に見えたに違いない。同期のみんなと集まって食事をする時はなにもせずに飲んでいるだけのくせに、こうして二人きりで食事をする時、湊はあれこれ世話を焼く。

恋人にはマメなんだなと感心したのは、二人で食事に行き始めた最初のほうだけだ。

今ではこんなのは、後の欲望を満たすための初期投資か、お楽しみを盛り上げるための演出でしかないと知っている。

それなのに、湊とプライベートで過ごす時間は心地いい。

落ち着いた口調に低く優しい声音。甘さを浮かべる眼差しに尽きない話題。さりげないエスコート。

女の緊張を解し、なおかつ特別だと思わせて雰囲気に酔わせる。

もっと一緒にいたいと、離れたくないと勘違いしたバカな女は、食事だけでなくその後の誘いにも簡単にのってしまう。

（本当に……バカ）

この男の思惑通りに、食事を終えた後、恵茉は湊と二人でホテルの部屋にいた。

ふわりと抱きしめられて顔をあげると、どちらからともなく近づいて目を閉じた。重なる唇の角度と感触で湊とキスをしていることを実感する。

表面だけを軽く触れあわせた後、彼の舌はすぐさま恵茉の唇を割った。そのままゆっくりと舌を絡める。

唇の感触、絡む舌の動き、頬に触れる掌の大きさ、それらは恵茉の記憶にきちんとインプットされている。

こうしてすぐに思い出してしまうぐらいには。

湊の舌は恵茉の口内を確かめるように深く入り込んだ。歯列を舐め頬の裏を探り、舌が届く範囲すべてをゆっくりとなぞっていく。

高城とのキスを塗り替えるのに充分な愛撫。

唾液の味も舌の感触も、これから先にこの男が与えてくるものを思い出させる。

それは恵茉の女のスイッチを確実に押す行為だ。

激しいキスをしながら湊は恵茉の衣服を剥(は)いでいく。ジャケットを脱がしてブラウスのボタンをはずす。スカートのホックをはずし、ストッキングとともにおろしてしまう。

呆気(あっけ)なく下着姿になると、少し乱暴にベッドに押し倒された。

「堤くんっ、待って」

「待たない」

「シャワー浴びたい！」

「それは後」

湊との行為は初めてじゃない。

それでも久しぶりだから羞恥(しゅうち)はある。なにより高城とはいつもシャワーを浴びてから始めていた。

男と別れたって下着にもムダ毛の処理にも気をつけてはいるけれど、一日仕事を終えた後の汗や体臭までは防げない。

「でもっ！」

「そのままのおまえを感じたい」

恵茉に跨ると、湊はネクタイを引き抜いてシャツを脱いだ。均整のとれた綺麗な裸体が現れ、恵茉は息を吞む。欲を孕んだ男の眼差しに射抜かれれば、拒否の言葉など出てきはしない。

そのまま湊は、恵茉の背中に腕をまわすと、ぎゅっと抱きしめてきた。

「おまえの感触、久しぶり」

かすれた声が恵茉の耳元に吐き出された。

まるで、久しぶりに会えて嬉しいと遠距離の恋人に告げるような甘い囁き。触れたくてたまらないと抱き寄せる腕。

恵茉は思わず湊の背中に腕を伸ばしそうになって、それをなんとか止めた。

「なによ、それ」

あえて素っ気なく言い放つ。

自分たちはそんな甘い間柄ではない。

この男が『久しぶり』と思うぐらいの期間、恵茉は他の男と付き合っていた。

男と別れた途端こうして誘ってくるのは、傷心につけ込めば恵茉が落ちることを経験上知っているからだ。

ブラをはずして下着をおろす。恵茉を全裸にすると、湊は肌の感触を確かめるように大きな掌で触れていった。頬から首、そして肩から腕、わき腹を伝って腰を撫でまわし、太腿をなぞる。

恵茉がぴくんと反応を返すと、湊は苦笑を漏らした。

「おまえ……今回はなんか、ちょっと開発された？」

「なに、言って」

　見れば湊は目を細めて、感情の読めない複雑な光をそこに宿している。

「反応が違う。他の男に抱かれると、やっぱり女は変わるんだな……」

「嫌なら触らないでよ」

「嫌なんて言っていない……興奮するだけだ」

「バカじゃないの！」

「ああ、バカだよ」

　乱暴に唇を塞がれる。

　恵茉の舌は湊の口内に導かれ、小さく痛みを感じるほど強く吸われた。逃れようとすれば拒まれ、舐めては吸うを繰り返される。口の隙間からこぼれた唾液が顎を伝った。

　そんな激しいキスとは裏腹に、恵茉の胸を揉む手は優しい。大きな掌で包み込んで何度となく揺らされる。たったそれだけで胸の先端は尖っていった。

　さらに尖らせるかのように指で挟んで小さくねじる。指先で外側を小刻みにこすられると気持ちがいいのだと彼は知っている。

　舌を絡めて唾液を塗し合うようなキスをしたまま、胸の先をいじられ続けた。

　腰が小さく跳ねる。一切触れられていない中心は、はしたないほど潤っているだろう。

「やんっ……んっ」

「いいところは変わってないな。むしろ弱くなった？」

バカなのは湊じゃない。こうして呆気なく反応する自分のほうだ。

体は覚えている。

彼に与えられる気持ちよさも、その先にある深い快楽も。それらに期待しているから素直に体は反応してしまう。

熱い舌がゆっくりと乳首を舐めまわした。激しくされるよりもゆっくりされるほうが気持ちいい。さらに強く吸いつかれればなおさらだ。

「やっ、堤くん、やだっ」

「もしかして胸だけでイきそう？　まじで開発されたんだな」

「違うっ。そんなのっ」

違わない。

高城とのセックスの相性はよかった。愛撫は丁寧だったし、じっくりと時間をかけて導かれていった。

指先と舌とで両方の胸の先をきゅっと締められ、恵茉は全身に緊張が走るのがわかった。

「はっ。腹立つ」

軽く達した恵茉に向かって、強い口調で湊は言い放った。

鋭い胸の痛みを感じながら、けれど恵茉は湊を睨んだ。

他の男に開発された女が嫌なら、抱かなければいいのだ。

それなのに睨んだ先の湊は、はっとしたように恵茉から視線をそらした。

「悪い。腹が立つのはおまえにじゃない……余裕がない俺自身だ」

（なによ、それ……）

謝罪交じりの呟きに疑問が浮かんだのは一瞬で、湊は恵茉の脚を開くと、すぐさま敏感な場所に触れた。すでに濡れていたせいで彼の指はスムーズに動き始める。

達したばかりの体はすっかり目覚めて、恵茉はすぐさま彼の指の動きに翻弄された。

「やっ……ああんっ」

中と外を同時に軽く刺激されると高い声が出た。いやらしい自分の声が嫌で口を手で覆うと、湊はその手を掴んで離す。

「声、聞きたい」

額がつきそうなほど顔を近づけて湊が言った。

合わせた目にはからかいも蔑みもなく、心から願うような真剣さがあった。

「俺に感じる、おまえの声が聞きたいんだ」

恵茉の両腕を掴んでひとまとめにすると、湊は軽く体重をかけて覆いかぶさった。ふたたび複数の指が恵茉の中に入り込んでくる。

恵茉の顔を見ながら、湊は探るように優しく指を動かした。漏れてくる蜜の音が、はしたないリズムを刻む。それに合わせて響く喘ぎが嫌で唇を噛めば、湊はぺろりと舌で舐めてくる。

「あっ……んっ、はぁん」

感じている顔なんか見られたくない。けれど顔を背ければ湊は恵茉の耳を舐めまわす。下から響く蜜の音と、耳が濡れる音とが重なって恵茉はますます追い詰められた。

蜜で滑りをよくした指先は、恵茉の花芽を優しく撫で続ける。円を描くように動かすその範囲が広がっていって、大きく膨らんでいることを教えた。

「すっごい濡れている。ほら、掻きだすとたらたらこぼれてきた」

恥ずかしいことを言わないでほしくて首を横に振った。でも彼はきっとそれで恵茉の興奮が増すことに気づいている。

「前はこのへんが感じやすかったのに、今はこっちが好きか？」

「バカ！　黙って、よ」

言い返すと、戒めるみたいに恵茉の花芽を小さく弾いた。

「ひゃっ、ああんっ」

一際大きな声が出る。そうなるともう恵茉は声を止められなくなった。湊は許さずに反応の強い場所へと刺激を与え続ける。

恋人でもない、ただの同期の男の前であられもない姿をさらす羞恥。

追い詰められて怖いのに、乱れるのを抑えられない。

中をかきまぜられてぐちゃぐちゃになり、卑猥な声を発して淫らな表情を浮かべる自分を、湊はどう思っているのだろうか。

幾度となく達するうちにそんな戸惑いも消えて、恵茉はただ与えられるものを素直に受け止める。

大きな声をあげて激しく達した後、避妊具をつけた湊が恵茉の腰を掴んで、ためらうことなく入ってきた。

「あんっ」

入った瞬間、言い表せない感情が恵茉の中に広がっていく。

『ああ、またこの男と繋がってしまった』そんな後悔と、『もう一度繋がることができた』卑しい喜び。

「恵茉」

そしてようやく呼ばれた名前。

こんな最中の時にだけ呼ばれる自分の名前の響きに、泣きたい気持ちにさせられたのはいつだったか。

湊はすぐには動かずに、そのまま恵茉をぎゅっと抱きしめた。

まるで大事なものを守るような仕草に、胸がきゅっと締めつけられる。同時に勝手にわきあがってくる愛しい感情。

結局――欲しいのはこの男なのだと、こんな時思い知らされるのだ。

湊には恋人がいる。

今の自分は表現するならセックスフレンドで、ただの浮気相手。

幾度体を重ねても、優しくされても、この男の本命にはなれない。

なによりこの男は『恋人がいるのに浮気をする男』なのだ。

(最低！)

浮気をするこの男も、恋人がいると知っていて抱かれる自分も最低だ。

恵茉はその最低な男の顔を記憶に刻むべく、あえて目を開けた。

乱れた前髪が額（ひたい）に落ち、うっすらと汗が浮かぶ。

欲に耐える男の表情はどこまでも色っぽくて、最低な男だと思うのに恵茉の体はきゅっと湊を締めつけた。

「……っ、締めるな、バカ」

「締めてないっ」

「抱くのは久しぶりなんだ。もたないだろうが」

目を細めて声をかすれさせて、まるで欲しかったのだと求めていたのだと言っているようで、首のうしろに手を伸ばして抱きつきたくなる。

そうしないようにぎゅっとシーツを掴んだ。

「悪い。余裕ない。動くぞ」

そう宣言すると、湊は恵茉の膝を掴んで大きく開く。ゆっくり腰を引いた後、それは強引に恵茉の奥を突いてきた。勢いづいて激しく腰を振られると、恵茉の口からは嬌声（きょうせい）が漏れる。

「あっ……ああっ、深いっ」

「恵茉、恵茉！」

突かれるごとに動く体を押さえるべく湊は恵茉の腰を掴んだ。名前を呼ばれながら、自分の中を出入りする男の形を思い出す。

そして与えてくる快感を受け止める。

理性を飛ばすような、悪く言えば乱暴で、でも熱を抱(いだ)かせるセックス。

「はぁ、やぁっ……ああんっ」

恵茉の気持ちのいい場所を的確に突いてくるのは、それを彼が覚えているからだ。

高城とでは得られなかった大きな波が恵茉をさらっていく。

溺れる、と恵茉は思った。また自分はこの男に溺れてしまう。

こうして相手をしてくれるのなら、抱いてくれるのならばたとえ『二番目』でも構わない。

浮気相手でも構わない。

そう思ってしまうほど、湊とのセックスは気持ちがいい。

そんなバカなことを考える愚(おろ)かさにいつも恵茉は自分を嘲笑(あざわら)いたくなる。


バスルームに入ると、恵茉は思わず床に膝をついた。

「あの、バカ」

腰が痛くて膝ががくがくする。

どうしてこんな飢えたような抱き方を自分相手にするのか恵茉にはわからない。恋人ではないのだから、少しは手加減してほしいと切に思う。

それとも逆か。

浮気相手だから相手の負担など気にせずに、性欲の赴(おもむ)くまま振る舞うのだろうか。

快楽の余韻が全身に残っていてまだ疼いている。今あの指で触れられれば、体はすぐに目覚めてふたたび素直に反応してしまうだろう。

できることならこのままベッドで眠りについてしまいたい。

恵茉はほんの少しだけお湯の温度を高めにしてシャワーを浴びた。

セックスの後はベッドで戯れることなく、すぐに湊から離れてシャワーを浴びることにしている。

あの男が触れた感触も、肌に残る唾液も、感じた証の蜜もすべて洗い流すためだ。

クリトリスは自分で触れてもわかるほど大きく膨らんでいるし、膣の周囲はぬるぬるしたものが残っている。

恵茉はそこも丁寧に洗った。

――堤湊とは同期だ。

知人よりは少し親しくて、友達というには距離がある。

そんな間柄でしかなかった男と恋人でもないのにセックスをする。

自分たちの関係に名前をつけるならセックスフレンドになるのだろう。

いや浮気の共犯者だろうか。

湊とのセックスは気持ちがいいけれど、終えた後はいつも後味の悪い感覚が残る。

恋人のいる男とセックスをするべきじゃない。同期の男に浮気をさせるべきじゃない。

誘われたって断ればいい。

正しい答えがわかっているのにそうできないのは――

恵茉は頭を振って、それ以上深く考えることから逃げた。

バスタオルで体を拭き、忘れずに拾い上げてきた衣服を身に着ける。

湊の前でバスローブを羽織ったことは一度もない。それも恵茉が決めたルールのひとつ。

きちんと洋服を着てバスルームから出ると、まだシーツにくるまったままの湊が目を細めて恵茉を見た。

「帰るのか？」

「終電はないけど、タクシー拾うから」

情事の痕があからさまなベッドから目を背けて、恵茉は荷物の置いてあったソファに近づく。

「明日は休みなんだから泊まれば？」

首を緩く振って拒むと、バッグを肩にかけた。

「おまえは絶対泊まらないんだな」

不貞腐れたように湊が吐き出す。

『泊まるわけにはいかないでしょう？』その言葉を恵茉はぐっと呑み込んだ。

湊とこういう関係になってから、恵茉が勝手に決めたルールを彼に説明する必要はない。だから笑みを浮かべて「じゃあね」とだけ言って背を向けた。

湊の隣で眠らない。一緒に朝は迎えない。

だって朝を迎えたら、どこで離れればいいかわからなくなるから。

自分の部屋に戻ると、恵茉は倒れ込むようにベッドに横たわった。シャワーを浴びてすっきりしてきたはずなのに快楽の余韻が全身に残っている。

『恵茉』と呼ぶかすれた声も、肌をなぞる掌の大きさも、耳元で漏らす彼の喘ぎも、果てへと導く彼自身もふたたび記憶に刻み込まれた。

湊との関係が始まった最初のきっかけを恵茉は思い出した。

恵茉たちは同期入社の人数が多い年度のせいか、定期的に飲み会を開催するほど仲が良かった。数か月に一度の割合で開催されるそれは、仕事の愚痴を言い合ったり、互いに労い合ったり、情報交換をしたりする場でもある。

毎回幹事を引き受けてくれる面倒見のいい男がいて、大抵彼が勝手に日時と場所を決めて連絡してくる。

恵茉は仕事の都合がつけば参加する程度のスタンスだったし、部署の異なる湊とは、同期仲間の一人でしかなく、仲が良くもなければ悪くもないぐらいの浅い付き合いだった。

それでも見た目からして目立つ湊の噂は恵茉の耳にも入っていた。

来る者は拒まず去る者は追わない。だから付き合う女は頻繁に変わる。

それでも女遊びが激しいとか、二股をかけているとかいう話は聞かなかった。

――あの日は人生で一番、最悪な気分で同期会に参加していた。

飲みたくてたまらない心情の時に開催されたから、女友達に愚痴るつもりで出席したのだ。

けれど参加予定だった友人は仕事のトラブルで欠席となり、たまたま席が隣になったのが湊だった。

入社してしばらくして付き合い始めた年上の男とは、恵茉にしては長く関係が続いていた。それなのにお互い仕事が忙しくなって、会う時間が減って、そのうち相手から別れを告げられた。

その後、落ち込んでいた恵茉の耳に入ってきたのは、自分と別れてすぐに彼が婚約したことと、相手が妊娠していたこと。

彼が二股をかけていたのか、それともそっちのほうが本命だったのか、恵茉には知りようもなかった。

ただ、いつもこのパターンだった。

『恵茉は俺がいなくても平気みたいだ』とか『甘えてくれないと好かれている気がしない』とか言われて振られることが多い。そして別れた後の男たちは大抵、別の女性と新たな付き合いを始めている。

『会いたい』なんてかわいらしく甘えられるタイプじゃない。

『仕事が忙しくて』とデートをキャンセルされたら『無理しないで』と言ってしまう。

『寂しい』とか『仕事と私どっちが大事なの？』なんて口が裂けても言えない。

おそらく恋人としてはあまりかわいげがない部類に入るのだろう。

だからいつも振られるのかもしれないと、惨(みじ)めな自己分析をしていた矢先に、その日の同期会ではそんな話題で盛り上がっていた。

『しっかりしている女よりかわいげのあるほうがいい』だとか『適度なわがままはむしろ甘えてく

れる感じがする』と男性たちが言うと、『男ってすぐに騙される』とか『そういう女ほど裏があるんだからね』とか言って、女性たちは反論していた。

だから恵茉も酔った勢いもあって、隣に座っていた湊に珍しく絡んだ。

この男が付き合うタイプが甘え上手なかわいい系の女だと話題になっていたからだ。

自分と正反対のタイプの女と付き合う彼に、『甘えられるのって鬱陶しくないの？』とか『仕事が忙しいのに会いたいなんて迷惑じゃないの？』とか男性としての意見を聞いては、勝手に落ち込んだ。

結局、女としての魅力に欠けた部分を確認する羽目に陥って、かなりお酒に逃げた。

湊にはモテる男の余裕があった。

恵茉の質問にも戸惑いながらも真面目に答えてくれた。ああ、こんな酔っ払いの相手まで丁寧にするなんて律義なところもあるんだと見直した。

砂糖菓子みたいな甘い女とばかり付き合う男。

この男に愛されれば、どんな女もそんな風になれるんだろうか。

きっと彼にはそんな醜い思惑を見抜かれたに違いない――

同期会を途中で抜けて、バーに行って二人で飲み直した。

『早川の愚痴を聞ける機会なんて滅多にないから聞いてやる』そんな風に言われて、最初は事実を語っていただけだったのに、最後に弱音を吐いた。

キスを仕掛けてきたのは湊だったけれど、誘いをかけたのは自分のほうではなかったかと今でも恵茉は思う。

キスをされて驚いた。彼には恋人がいる。だからダメだと思った。

それなのに唇の間から入ってきた舌を受け入れてしまった。

最初は驚いてすぐに反応できなかっただけ。けれど緩やかに優しく探られているうちに、酔いもあってその気持ちよさに身を委ねたくなった。

激しさを増したキスが終わって重なった視線は、互いに欲を露わにしていた。

仕事をそつなくこなし、周囲の噂話も気にせず、冷静に自分のペースを守る男が、今は余裕をなくして男の色香を振りまいている。

それは女の本能的なものを刺激した。

いつのまにかホテルに入って互いに服を脱がし合った。

羞恥と理性を取り戻さなくて済むように、後戻りできない状況に追い込みたかった。

湊は容赦なく恵茉の体の隅々まで暴いたし、恵茉もまたためらうことなく卑猥な喘ぎを聞かせた。

『恵茉』と名前を呼ばれるたびに、なぜか大事にされている気がした。

そんなまやかしを与える湊を恨めしく思うのに、快楽に溺れることでそんな感情をなかったことにした。

湊は恵茉の傷心につけ込んだ。恵茉は酔いのせいだと言い訳した。

それがその日の夜だけの過ちになっていれば、忘れてなかったことにして、ただの同期に戻れただろうに。

二度目に誘われた時は、食事だけのつもりだったし酔ってもいなかった。

三度目は、恵茉の体の事情でホテルへは行かなかったのに激しいキスをした。

理由も説明も言い訳も――お互い口にはせず、都合の悪い部分から目を背けて。恋人でも友人でもないからこそ生まれた関係性は最初こそ気楽だった。

いつしか、恵茉に新しく付き合う相手ができると終わり、別れると始まるという関係になった。

誘うのはいつも湊で、恵茉はただ受け入れるだけ。

「ねえ、どうして抱くの？　どうして私は抱かれるの？」

レースのカーテンの隙間から、淡い月の光が漏れる。

理由を深く突き詰めていけば、そこには直視したくない感情がある。

眩しくもない月の光を遮るように瞼の上に腕を置いた。同時にそれ以上自分の心と向き合うことも放棄して、恵茉はそのまま目を閉じた。

＊　＊　＊

湊は『いい店見つけた。興味あるか？』とか『今夜メシでも行こう』とか、食事にかこつけて誘ってくることが多い。

彼の目的は、恵茉との食事ではなくその後の行為だ。

ただこの男は、セックスのための前座としては雰囲気のいい店を選ぶ。そして二人で過ごす食事の時間は、恵茉にとっては予想以上に心地いい。

カウンター十席のみの小さな店内は、照明が薄暗いためかシックな雰囲気だ。満席なのにひっそりとしているのは店主が無口だからだろうか。

『雰囲気のいい串焼き屋』だと聞いた通り、カウンターの目の前で、店主は黙々と炭火でいろんな食材を焙っていた。

鶏や豚などの肉だけでなく、旬の魚や野菜などが串に刺さっている。丁寧に下ごしらえされているのが見るだけでわかった。

炭火で焙られると、じゅっと脂が落ちる音がした。煙は大きな換気扇が吸い取るが、おいしそうな匂いは広がる。

食材にこんがりと焼き色がついていく様子を見ていると食欲が刺激された。日本酒にもついつい手が伸びてしまう。

「太刀魚を焙ったものです。抹茶塩でもお手製のポン酢でもお好みでどうぞ」

お皿にのせられた串を恵茉は手にした。まずは抹茶塩をつけて一切れ口にする。焙った太刀魚はふわふわとやわらかい。抹茶塩が淡白な太刀魚のいいアクセントになる。

合間にはさまれた青ネギも焙ったことで甘味が増しているようだ。

「おいしい！」

「ああ。うまいな」

周囲の客からも同じような声が聞こえる。だがみんな声を落として会話をしているため内容まではわからない。

おしゃべりするためではなく、食事を楽しむためのお店だと思った。

だからか湊とも特に話さずとも苦じゃなかった。お猪口が空になると、どちらからともなくお酌をする。

「よく知っているね、こんなお店」

「うまいもの食べるのが楽しみで働いているからな」

「そっか」

恵茉は焙られたばかりのアスパラを口にする。しゃきっとした食感とほくほくの甘味のバランスがいい。

「意外に豪快だよな、食べ方」

串にかぶりついて食べていたからだろう。湊が笑みを浮かべてそう言う。

あなた好みの女の子だったらきっと、お箸で一切れずつ串からはずして食べるのでしょうね、と言ってやりたくなった。

「だって、そのほうがおいしいもの」

「ああ、俺もそう思う」

嘘だ、と恵茉は思う。

彼はいつも他愛のない嘘をつく。きっと串からはずして食べたって「食べやすいならいいんじゃない？」と肯定するはずだ。

優しいと評せばいいのか、ずるいと罵(ののし)ればいいのか、湊と一緒にいると時々わからなくなる。

でも、仕事の愚痴(ぐち)を軽く言えば頷いて共感する。弱音を吐けば慰(なぐさ)め、アドバイスを求めれば意見をくれる。

彼がモテるのはきっと外見のせいだけじゃない。仕事の能力だけでもない。

恵茉はいつからか、湊の前だと自然に肩の力を抜いている自分に気づくようになった。

どんな男と交際しても、恵茉はつい自分を偽(いつわ)ってしまう。

相手がなにを望んでいるか勝手に想像して、当たり障(さわ)りなく振る舞う癖がついている。

だからデートをして帰ってくると、『疲れた』と感じてため息をついてしまうのだ。

でも湊とはそれがない。

それがないことに気づいた時、自分の本音を知って愕然(がくぜん)とした。

——恋人がいるのに平気で浮気をする男を好きになるなんてバカげている——そう思った。

食後のお茶をいただいているタイミングで、恵茉はこっそり湊にお札を渡した。会計を済ませる前に払っておかないと、なかなか受け取ってもらえない。

案の定、湊は恵茉が差し出したお札を見て眉根を寄せた。

店内で押し問答(もんどう)をするのはスマートじゃない。だからカウンターの下で、渋々お札を受け取ってくれる。

「いらないって言っているのに」

財布にしまいながら湊がぼやく。

「受け取らないなら、もう食事には付き合ってあげないわよ」

わざと上から目線でふざけて言った。

「おまえらしいけど」

できるだけ彼との食事は割り勘にするように心掛けていた。同期だから互いの給料はなんとなく想像できるし、恋人ではないのだから奢ってもらう筋合いはない。

それに——さすがにその後のホテル代は任せている。

だからきっとこういうのは自分の小さなプライドで、そんな部分にかわいげがないのだろうと自己分析する。

会計を湊に任せて、恵茉は先に店を出た。

このまま同期らしく食事の後は解散すればいい。食事をともにし、仕事の愚痴を言い合うだけの関係に戻ればいい。

通りを行き交うタクシーを見ていると、手をあげて停めて逃げ出したくなった。

そんな恵茉の心情に気づいたみたいに湊に腕を掴まれた。何事かと顔をあげれば、すぐうしろを酔った風情のサラリーマン男性の集団が通っていく。

「ぼんやりしていると危ないぞ」

「うん、ありがとう」

そのまま庇うように湊は恵茉の肩を抱き寄せた。その仕草だけで、恵茉の身勝手な願いは呆気なく消えていく。

湊に肩を抱かれて彼の進む方向へ一緒に歩いていく。細くて薄暗い路地へ入って行けば雰囲気が一気に変わる。

そういう目的のホテルがちらほら目に入った。どこへ入るか悩んでいる様子のカップルがいて、このあたりを歩く人々の目的は一緒なのだと思った。

大きな手で肩を抱かれると、なぜか守られているような気分になる。こうして密着すれば、男としての湊を意識する。手の大きさも抱く力強さも、仄かな匂いも、かすかに伝わる体温も、これからの行為を想像させるのに充分だ。

ホテルの部屋に入った途端すぐさま唇が塞がれた。

アルコールの残りなのか苦味が口内に広がった。その名残を薄めていくように互いの唾液を混ぜ合わせる。恵茉の喉の奥まで探る激しい舌の動きに必死に応える。唾液を与えているのか飲んでいるのかわからないぐらい卑猥な音がした。

ベッドへ——そう言いかけた時、彼の胸元で雰囲気にそぐわない振動が響く。

それはしばらく続いて、湊は観念したように恵茉をそっと離すと、スーツの内ポケットからスマホを取り出した。

一瞬、かすかに目を細めて画面を確認した後、恵茉に背中を向けてドアのほうへと向かう。

恵茉は唾液に塗れた唇を拭うと、部屋の奥のソファへ移動し無造作にバッグを置いた。

「ああ」とか「うん」とか言う低めの声が聞こえてくる。もし家族や友人なら、恵茉の存在など気にせずに気楽に話すはずだ。

だとすれば電話の相手はおそらく――恋人。

湊が返す言葉は少ない。けれどそれが逆に相手の話をきちんと聞いているように思える。

もちろん恵茉に内容を聞かれたくないせいもあるだろう。

ちりちりと小さく胸が痛んだ。

当然ながら恋人は恵茉の存在を知らないはずだ。湊が浮気をしていることなど気づいていない。

いや、思いもしていないかもしれない。

湊はきっとバレないように、仕事同様抜かりなくやる。

こんな男やめればいいのに――

自分はやめられないくせに、見知らぬ彼女にそう言ってやりたくなった。

自分のバッグの中から、突然スマホのバイブ音が響いて恵茉はびくっとした。

湊がまだ電話中なのを確かめてからスマホを取り出して画面を見た。

大学時代の友人からのメッセージは合コンの誘いだ。

高城と別れたことを知らせた途端のお誘いメールに苦笑が漏れた。二十八歳という恵茉の年齢からすれば、合コンというよりも婚活に近いだろうけど。

出会いなど限られている。

会社と家との往復の日々で交際相手を見つけられないのであれば、他に出会いを求めるしかない。

ほんの少しの迷いを消して、恵茉は『了解』とメッセージを手早く打って送信した。

今のうちにシャワーでも浴びようとバスルームに行きかけると、電話を終えたらしい湊が戻ってきた。

「どこへ行く？」

帰るのかとでも問いただしそうな厳しい声音(こわね)に、恵茉は驚きながら視線でバスルームを示した。

湊がほっと安堵(あんど)したように息を吐く。

「電話、終わったの？」

「ああ、心配ない」

彼女から？　と胸の内だけで問うに留め、恵茉は「そう」とだけ答えた。ダメになったのなら彼はすぐに言うだろう。

「シャワー浴びてくる」

「一緒に浴びるか？」

バカじゃないの！　という感情を隠さずに睨(にら)んで恵茉は湊を押し離した。意地悪そうな笑みを浮かべて湊もすんなり離れる。

セックスフレンドなんて、うまい言葉だと思う。こんなのは所詮(しょせん)お互いの性欲処理でしかない。

だから恵茉は言い聞かせる。

自分もこの男もただ性欲を解消するための相手でしかないのだと。

湊の舌が恵茉の敏感な場所を舐めまわす。左右に大きく広げられた脚の間で、彼の頭が動くたびにやわらかな髪が太腿(ふともも)をくすぐった。露(あら)わになった小さな芽を舌で転がし、あふれた蜜を音をたてて吸い上げる。

「あっ……あんっ」

いやらしい自分の声が部屋に響いた。

自分の唾液を塗(まぶ)しているのか、あふれる蜜を吸っているのかわからない彼のささやかな動きに恵茉は翻弄(ほんろう)されていた。

軽く何度も達しているせいで、体の奥が満たされなくて切ない。

指を入れて激しくかきまぜてほしい。中も外もぐしゃぐしゃにされたい。

恵茉はたまらなくなって、湊に弱音を吐く。

「やああっ、もう、入れて」

「なにを？　恵茉」

蜜に塗(まみ)れた口元を乱暴に拭って、湊は恵茉を見下ろした。

目つきだけはギラギラしているのに、口調はやけに落ち着いている。自分だけが乱されて快楽に溺れている。

「恵茉、なにを入れてほしい？」

湊がなにを言わせたいのかはわかっていた。普段なら絶対口にしない言葉を、この男はあえて引き出そうとしてくる。

胸の先を指先でこすりながら、湊は楽しそうに口の端をあげた。こんな時、同期という関係性があるせいで気恥ずかしさが勝(まさ)る。

「恵茉、言えよ」

「やっ、意地悪！」

「じゃあ、誰のが欲しい？」

誰の、なんて目の前の男のものに決まっている。恵茉は戸惑いつつ答えた。

「つ、つみくんっ」

「違うだろう？」

湊はじっと恵茉を見つめながら、欲していた場所に一気に数本指を突っ込んできた。

「ひゃっ、あんっ」

たまらず声をあげる。

彼の指が出し入れされ、ばらばらに動かされる。卑猥(ひわい)な蜜の音をわざとたてて、恵茉だけをまた高みにあげようとする。

快楽に歪(ゆが)む恵茉の顔をじっと見つめて、湊は耳元で囁(ささや)いた。

「恵茉、下の名前を呼べ」

反射的に恵茉は首を横に振った。瞬間、戒(いまし)めるように敏感な芽を弾(はじ)かれた。切なさにつきあげられて恵茉は観念する。

「やあっ、湊の！」

こんな最中に彼の下の名前を呼ぶのは恥ずかしい。だからできるだけ呼ばないようにしているのに、湊はそれを知ってか逆に呼ばせようとする。

「湊のが欲しいの！」

素直に名前を呼んだのに、彼は笑みを浮かべると中と外とを同時に嬲り始めた。

感じる場所を知りつくした指は遠慮なく中の上部をこすりあげ、同時に膨らんだ芽を撫で続ける。

恵茉はたまらず脚を伸ばした。

彼の指をきゅっと締めつけて離さず、まるで自ら貪欲に快感を求めるように。

淫らに体を跳ねさせながら卑猥な声をあげて、恵茉は欲しかったものとは違うものでイかされ続けた。

「つ、つみくん、意地悪よ……」

激しく達して快楽で滲む涙を拭いながら恵茉は湊を詰った。批難しているのに甘えた口調になっているのが自分でもわかる。

「湊、だろう。恵茉が最初から素直に名前を呼ばないからだ」

湊はさらに羞恥を煽るように、恵茉の蜜に塗れた指をいやらしく舐めた。

「だって……」

私は彼女じゃないもの、という言葉を呑み込んだ。

こんな風に追い詰めてくる彼が嫌でたまらない。それなのに湊は優しい笑みを浮かべて、涙を流す恵茉の眦にキスを落とす。

頬に張りついた髪を優しくよける指先にさえ体は震えて、恵茉は顔を背けた。

それを阻むように湊は唇を塞ぐ。舌はすぐに恵茉の口内に入り込んでくる。躾けられたせいで恵茉も素直に舌を絡めた。自分の蜜を舐めていた姿を思い出して複雑な気分になったものの、それはいつもと同じ唾液の味に戻っていく。

敏感になってどこを触られても反応する恵茉に構わず湊は触れ続けた。いやらしいのか優しいのかわからない手つきは、呆気(あっけ)なく恵茉をふたたび快感の海へ引き戻していく。

欲しいものはまだ得られていない。彼の硬いものが肌にあたる感覚に体が震えた。

「あっ！　ああんっ」

いつのまに避妊具をつけたのか、いきなり奥に打ち込まれて恵茉は声をあげた。

切なかった部分が埋められたのに、今度はその奥がさらなる快楽を求めて蠢(うごめ)く。

この男の目にはきっと、いやらしく喜ぶ自分が映っているのだろう。

「はっ……きつっ」

湊はゆっくりと腰を動かす。そうしながら恵茉の頬を両手で固定すると目を合わせた。

「おまえの中に入っているの、誰？」

自分の存在を強調するかのような問い。

恵茉はためらいつつもそれに答えた。

「湊」

情事の最中にしか呼ばない名前。

頭の中でもなぞることのないその言葉が縛りつける楔(くさび)になる。

ゆるゆると引き抜かれては奥へ突っ込まれる。繰り返される緩慢(かんまん)な動きは、敏感に作り替えられた体に甘い痺れを運んでくる。

彼の形を、覚え込ませるかのように。

引き抜かれるごとに追いかけようとする自分の内側のうねりを忘れさせないように。

「しがみついて、離れねーな」

「言わ、ないで」

「欲しくてたまらないってひくついている。恵茉、いやらしいよ」

湊は目を細めてそう言った。

汗で湿った前髪の奥で軽く眉間に寄せられた皺に、彼が感じているのだと思えた。

恵茉の中に入ったまま湊は首筋に舌を這わせた。同時に彼の手が恵茉の胸をまさぐる。下から持ち上げるように揉んでは、その先端を指先で挟んでこすりつける。

腰の動きを速めて、湊は恵茉の体を揺さぶった。

だらしなく半開きになる口からはいやらしい喘ぎが響き、揺さぶられるごとに淫らに胸が動く。

もっと奥へと湊自身を引き込むように、恵茉は湊の背中に脚をまわして自らもまた腰を揺らし続けた。

彼に乱されるのであれば、いっそ卑猥な自分を彼に刻みつけたい。

かすかにあった羞恥心を欲望に塗り替えて、恵茉は誰の前でも見せたことのない痴態を湊に見せつけた。

湊に抱かれた後は全身がだるくてたまらない。

ずっと水の中にいたような浮遊感に包まれ、いっそこのまま微睡(まどろ)んでしまいたくなる。

湊は使用済みの避妊具を片づけて戻ってくると、ふたたび恵茉を腕の中に閉じ込めた。

終わると抱きしめるのはこの男の癖なのだろうかと思うこともある。

恋人だったら軽くおしゃべりをして、キスをして、そのまま自然に眠りについて朝を迎えるのかもしれない。

恵茉は乱れた髪をかきあげて、なんとか体を起こした。

「帰るのか？」

「ええ」

「帰れるのか？」

その言葉に恵茉は湊を睨(にら)んだ。そして腰に巻きついていた腕を離す。

「明日は仕事なのよ。もう少し手加減して」

「だから朝まで休めばいいだろう？」

暗に始発で帰れと湊は言っているのだろうが、そんな風にバタバタと朝から慌てるようなみっともない真似(まね)をするのは嫌だ。

いつもと同じように服や下着を集めバスルームに飛び込む。

心地よい倦怠感(けんたいかん)とは裏腹に、切なさに満たされた胸の痛みに恵茉は蓋(ふた)をした。

＊　＊　＊

大学の同級生である駒田麻耶（こまだまや）に誘われて、恵茉は今夜レストランのワイン会に参加した。

ワイン好きが高じてソムリエのセミナーに通うようになった麻耶は、そこで知り合った男性たちとの相席をセッティングしてくれたのだ。

おいしい料理と、料理に合わせて提供されるワイン。

最初はかしこまっていた雰囲気も、ワインを楽しんでいるうちに酔いも加わって、フランクなものに変化していった。

ワイン初心者の恵茉は、ボルドーとブルゴーニュの簡単な違いしかわからなかったが、麻耶はヴィンテージがどうとか、右岸と左岸でどう違うとか語っていて、今付き合っている男に随分影響を受けているのが見てとれた。

そうしてワイン会を終えて、男性たちの社交辞令の誘いをかわして、二人でバーに飲み直しにきたのだ。

案内された部屋の席は奥まっておりカウンターも薄暗いからか、麻耶は今夜の戦利品ともいえる名刺を恵茉から奪い取ると、トランプのカードのように広げた。

「うーん、どれが誰だったか区別がつかないわね」

ワインを飲んですでにほろ酔いかげんなのに、会社名や部署や肩書、裏にプライベートの連絡先が書いてあるかどうかまで細かくチェックしている。

「気に入った男いた？」

「……どうかな」

今夜出会った男たちの顔を、恵茉は思い浮かべた。

一緒になったテーブルで一人だけ恵茉と同じようにワインに詳しくない男性がいた。恵茉同様ワイン好きの友人に誘われて来たのだというその男性とは、ワインについて語れない分、料理についてコメントし合って話が弾んだ。

恵茉と同年代だったけれど、少し高城に雰囲気が似ていた。

ワイングラスを手にする神経質そうな指を見て、それがどんな風に触れるか想像した。

この男に抱かれてもいいか、触れられても嫌じゃないか。

恵茉はいつしかそんな判断基準で男を選別している。

両想いの相手でないと付き合えないとか、セックスできないとか、そんな初心な感情はとっくの昔にどこかにいっている。

「ねえ、今回もやっぱり同期くんとやっているの？」

名刺をまとめて恵茉のバッグの中にしまうと、麻耶がおもむろに切り出してきた。

湊との関係は褒められたものではない。だから女友達といえども話す相手は限られる。

過去、不倫経験のある麻耶だから、恋人でもない男との関係をついこぼしてしまった。

それは自分一人で抱え込めるほどの覚悟がない、卑怯な女だという証拠でもある。

恵茉はワインの後に飲むには似つかわしくない、甘めのロングカクテルのグラスに口をつけた。

その態度だけで麻耶は正解を導(みちび)いたようだ。

「いっそ付き合えば？」

「彼女いる」

麻耶が小さく肩をすくめた。

「その男も恵茉が別れるたびに誘いをかけてくるなんて、どういうつもりなんだろうねえ」

「本当、どういうつもりなんだか」

「聞いてみれば？」

身も蓋(ふた)もない言葉に恵茉は彼女を軽く睨(にら)んだ。

聞いてみようと何度も思った。でも同じぐらい聞いてどうするのだとも思うのだ。

どうせ『ただ単にセックスをしたいから』とか『都合がいいから』とかいった理由でしかない。

あの男なら『大人の付き合いをお互い楽しめればいいだろう？』ぐらいのことは言いそうな気がする。

たとえもし『好きだから、抱いている』なんて言われたとしても信憑性(しんぴょうせい)など一切ない。

せいぜい情事の最中の睦言(むつごと)か、都合のいい存在を引き留めるための戯言(ざれごと)かと思うだけだ。

なぜなら、湊が付き合う女たちと恵茉はまったくタイプが違う。

不毛な関係を繰り返してきたことからも、本命になれないのは明らかだ。

「まあでも、拒まない恵茉にも責任の一端はあるんだろうけどね」

女友達の容赦のない言葉がぐさりと胸に突き刺さる。

恵茉はなんの反論もできずにグラスに口をつけた。水でも飲むような勢いでごくごくと中身を飲み干す。

麻耶の言う通り恵茉が拒否をすれば、そもそもこんな関係は始まりさえしていなかっただろう。

恵茉が拒めばきっと、湊は『そう』と一言言ってすんなり引き下がるに違いない。そして自分たちの関係はあっけなく終わってしまう。

（拒まない……責任）

拒まない理由なんかはっきりしている。

湊に抱かれたいから断らない。彼と少しでも一緒にいたいから浮気相手として応じている。

次の恋人ができるまでの繋ぎと言えれば遊び慣れた女みたいだけれど。

本当は逆。

彼の一番になることができないとわかっているから、二番目でもいいと思っている自分がいるだけ。そう『二番目』。

『一番』にはなれないけれど『二番』にはなれる。

麻耶は恵茉の様子に小さくため息をつくと、空になった恵茉のグラスを揺らしておかわりを頼んでくれた。

「永遠に浮気相手でいれば、一緒にいられるのかな？」

「本命になりたいから、今夜だって来たんでしょう？」

麻耶はすぐさま恵茉の言葉を否定する。

「浮気相手は浮気相手、所詮本命にはなれないのよ」

いつもと同じ台詞を麻耶は穏やかに呟いた。

そんな忠告をしても、恵茉が関係を絶ち切れないことはわかっているから、静かに言い聞かせるような優しい口調で。

『やめなよ』、そう言われてやめられる関係なら始まったりはしない。

止めても無駄だとわかっていても『やめたほうがいい』と言い続けるのが麻耶の優しさで、それがわかるから恵茉も新たな恋を見つけようと必死になる。

ホールの中央にかかげられたアーティチョーク型の照明が、心に刺さる刃みたいにきらめいて見えた。

＊　＊　＊

ランチ後の職場のパウダールームは、噂話に花を咲かせるには好都合の場所だ。

それが嫌で恵茉はいつも空いているフロアまで足を延ばす。しかし今日は珍しく恵茉の後から女子社員が数人入ってきた。

四つある鏡はすべて女たちの顔で埋めつくされる。

気まずい思いをしつつ途中でやめるわけにもいかなくて、恵茉はメイク直しを続けた。

年齢のせいか、乾燥している職場環境のせいか、こうして途中で潤いを与えないと夕方までもたない。

「さっき見た？　S社から来たお遣いの子。海外事業部の堤さんの彼女なんだって」

「あ、だから堤さん彼女を送っていったんだ。もしかして今頃二人でランチ？」

「それを見た私の後輩、泣きそうになってた。でも堤さん、社内の女の子とは付き合わないから、あきらめればって言っているんだけどね」

恵茉は最後の仕上げに口紅を塗り終えると、ポーチにメイク道具をしまった。さも、なにも聞いていないような無関心さを装って木目調の扉をあける。

そういえば企画部の――と、話題は別の人へと変わっていった。

湊の噂話を聞くと複雑な心境になる。

彼とは部署が異なるし仕事上の接点もあまりないので、自分と湊が同期だとは彼女たちも知らないのだろう。

『社内の子とは付き合わない』、そんな噂が広がっているためか、彼に興味や関心を抱いたとしても女の子たちはあまり表だって騒いだりはしない。

相手にされないことがわかっているからだ。

『社内の女と浮気はするけどね』と恵茉は心の中でぼやいた。

恋人がいながら浮気をするろくでもない男だなんて、彼女たちは想像もしていないだろう。

（そう、ろくでもない男なのよ）

そして浮気相手になっている自分もろくでもない女だ。

裏切られているとも知らないで、湊の恋人は楽しいランチタイムを過ごしたのだろうか。

見たこともないくせに、明るくて素直で甘え上手な女の子らしい恋人の姿が想像できてしまう。

エレベーターを降りて出たところで、恵茉は何気なく窓の外を眺めた。

サークル状に並んだレンガのグラデーションと、うまい具合に配置された銀杏(いちょう)の木とのバランスが好きで、恵茉はいつもその公園を見てしまう。

地下鉄の駅に下りる階段の入り口あたりで軽く手を振る女の子と、それを見送る男とが目に入って恵茉は歩みを止めた。

明るい茶色の髪は毛先だけが軽く内に巻いている。オフホワイトの丈の短いジャケットに花柄のスカートがふんわり広がる。

見るからに甘めな砂糖菓子みたいな雰囲気。

湊はしばらくそこに立ちすくんでいたけれど、ゆっくりとその場を離れた。

彼女が階段を下りきるまで見送ったのだと気づいた瞬間、恵茉は昨夜きた男からのメッセージに返事をしようと決めた。

＊＊＊

男と女が付き合い始めるのなんて本当は簡単だ。

気になる相手がいれば食事に誘う。いい雰囲気で過ごせたらメッセージのやりとりをして、次に会う約束をする。そうして何度かデートを重ねていけばキスぐらいする。それが嫌じゃなければベッドまでいくのにたいして時間はかからない。

二人の関係のはじまりをいちいち言葉にしなくても、自分の気持ちに名前がなくても、いつのまにか付き合いは始まって問題がなければ続いていくものだ。

そのうち恋愛感情が芽生えるのか、なんの感情も伴わないまま終わるのかは、男としばらく過ごしてみなければわからない。

恵茉はワイン会で自分に興味を持ってくれた男からのメッセージに返事をした。

すぐに食事をする日程が決まって、恵茉は今、ワイン会で出会いながらワインに詳しくないという共通点のあった男――中野啓一と二人で食事に来ていた。

ワイン会の時からいい人だなとは感じていた。

ワインのことなど知らずともそういう場所を楽しめる柔軟性とか、穏やかに話す口調だとか、綺麗な食事の仕方だとかに好感を覚えた。

恵茉は空になった相手のグラスにビールを注いだ。啓一はコップを傾けて、さりげない気遣いを見せる。

「早川さんも、おかわりは？」

残り少なくなった恵茉のグラスを見て彼は切り出した。

一重の細い眼は真摯に恵茉を見つめ、優しそうな雰囲気が全体に滲み出ている。

「じゃあまた同じものを」

恵茉が答えると、啓一はすぐにスタッフに飲み物を頼んでくれた。

これまで恵茉が付き合ってきた男性は年上が多く、しっかりして落ち着いてどこか余裕のある、女性慣れしたタイプだった。

啓一は少し頼りなげな感じだが、穏やかで控えめで同年代ということもあってか気が楽だ。考えてみれば湊以外の同年代の男性と深く関わるのも初めてだと思った。

ワイン会で出会った友人たちの話から始まって、仕事の話へと移り変わる。当たり障(さわ)りのない話題を広げてさりげなく互いの情報収集をする。

興味のあるものの傾向が似ているとか、価値観にずれがないとかそんなことまで確かめる。

(あざといな……)

恵茉はそう自分のことを評価した。

けれど大概の女性は自分と同じはずだとも開き直る。

出会った瞬間ビビビッときただの、キラキラして見えただの、この人だと確信しただのそんな経験をする人は一握りだと思う。

話していくうちにだんだん敬語が消えて、親しげな口調が混ざるようになる。

同年代の気安さは恋人というより友人のような空気を生み出している気もした。

帰り際の支払いで割り勘を申し出れば、啓一は「僕が誘ったんだから今夜は奢(おご)らせて」と言った。

恵茉もここは彼の顔を立てるべきだろうと甘えることにした。

お礼を伝えて店を出ると、駅までの道を二人並んで歩く。

さっきまで話が盛り上がっていたのに、今は嘘のように無言だった。

なにか話題をとも思うのにわざとらしい気がしてなにも言えない。

男と女の駆け引きの時間。

恵茉は大通りを行き交う車の流れを見つめることで小さな緊張をそらす。

このまま駅に着いてすんなり別れるのか、それとも誘いをかけられるのか。

二人きりでの食事に応じていながら、そうなったらどうなるかこの先を予想していながら、この期に及んで自分がどちらを望んでいるのかわからなかった。

「これからどうしますか？　もしよかったらもう一軒行きませんか？」

駅への道を曲がったところで啓一が誘いの言葉を放つ。

自然に歩みが止まった。

敬語に戻った台詞に、彼の緊張が伝わってきた。

メッセージでやりとりをしていた時から遠慮がちな部分を感じていたけれど、こうして実際に会うと彼のぎこちない一生懸命さが伝わってくる。

「いいですよ」、そう言えばきっと彼はほっとして笑みを浮かべるかもしれない。そして自分たちの関係が一歩進むだろうことは経験からも想像できた。

これまでと同様、啓一との時間を少しずつ増やしていって、湊との時間を減らしていけばいいだけだ。

啓一との関係が深まっていけば、自ずと湊との距離は離れていく。

そのために今、恵茉はこの場所にいる。

それなのに恵茉はなんの言葉も発することができなかった。

啓一はかすかに探るような視線を恵茉に向けた。そしてすぐにふっと息を吐いて肩の力を抜く。

「やっぱり今夜は帰りましょう。駅まで送ります」

啓一は明るい声でそう言ってくれた。

きっと恵茉の戸惑いに気づいて、気に病むことのないよう気遣ってくれたのだと思った。

ふたたび歩き始めた啓一に合わせて、恵茉も足を進めた。

「また連絡してもいいですか？」

その言葉にはすぐに頷く。

ずるいな、と自分でも思う。

啓一はおそらくいい人だ。そして恵茉に興味を持ってくれている。

そんな彼を、湊と距離を置くために利用している。

それでもいつも一縷の期待を抱いてもいるのだ。

もしかしたら湊以上に、この人を好きになれるかもしれないと、好きになればいいと思っている。

「私からも連絡していいですか？」

だから自分からも歩み寄る。

「もちろん。いつでも連絡して」

嬉しそうにほほ笑んだ啓一の表情には、駆け引きも裏も見えなかった。

＊＊＊

三か月に一度ぐらいのペースで、恵茉たちは同期会という名の飲み会を行う。社内でも仲がいいと評判なため、他の社員からは羨ましがられるほどだ。

同期入社といえども部署が同じになるか仕事で関わりがなければ、滅多に顔を合わせることはない。同期会は互いの部署の情報交換を兼ねていることもあって、結婚や妊娠といったイベントを経ても出席率は高かった。

前回は、この同期会の幹事役である大谷翔の結婚式の二次会を兼ねて実施したので、気楽な飲み会は半年ぶりだ。

店員に案内された障子をあけると、すでにメンバーはあらかたそろっているようだった。恵茉はさりげなく今夜の出席者を確認した。

髪を短く切って精悍さを増した翔の周囲はいつものように盛り上がっている。すぐ隣には、冷めた様子で輪の中にいる湊の姿もあった。

恵茉は空いていた端の席にこっそり腰を下ろした。

同期の飲み会であるがゆえに始まりも終わりも曖昧だ。途中から来ようと帰ろうと会費さえ払えば制約はない。

そんな気楽な部分がこの会が続く理由だろう。

テーブルにはすでに料理が並べられていて、恵茉はとりあえず食べようと取り皿へと手を伸ばした。

「恵茉、久しぶり！　はい、ビールでいいよね？」

挨拶も早々に、同期の中でも仲のいい友人が、手にしていたビールのグラスを差し出した。恵茉は苦笑しつつそれを受け取る。

「久しぶり。元気そうね」

「まあ、元気と言えば元気だけど」

彼女は恵茉の隣に座ると、そう言うなりビールを半分ほど飲んでしまう。

翔の周囲で「わあっ」という歓声とともに「おめでとう」と言い合う声が響く。グラスを打ちつけて乾杯を交わす様子に恵茉が目を向けると「ついに彼も結婚だって」と、友人が妬ましそうに教えてくれた。

「あの遠距離していた彼女？」

「そうみたい。大谷くんに続いて彼もだなんてね。まだ私たち二十八なのに、独身組がだんだん減っていく……」

彼女の飲むペースが早いのはそのせいかと、残りのビールを勢いよく飲み干すのを見て思った。

「恵茉は抜け駆けしたりしないわよね」

まだ、飲み始めて間もないだろうに目を据わらせて絡んでくる。

以前は短かった髪が今は肩まで伸びて、雰囲気が随分女っぽくなった。

女性としての変化が著しい年齢なんだなと友人を見ていると思う。少しは自分も大人の女性として成長しているのかと振り返ってみても自信はない。

「そんな予定があったら、ここにはこないわよ」

「そうよね、貴重な三連休前の金曜の夜に同期の集まりになんてこないわよね」

「言えている」

本音半分で恵茉が答えると、「同士ー」と言って抱きついてきた。

三連休、恋人でもいれば二人で予定を合わせて旅行に出かけるのかもしれない。でも恵茉にいるのは、恋人未満の曖昧な相手とセフレという虚しい存在だけだ。

「プロポーズの言葉は？」なんて幸せそうな質問を受けて、頬を染めている男との差は歴然。

そのまま視線をずらすと、湊は翔となにやら楽しげに談笑している。

二人は最初の配属部署が一緒だったせいか意外に仲がいい。

体育会系で体格も面倒見もいい翔と、要領よく立ち回りそつなくこなす湊とはどこか相反するように思えるのに。

結婚した翔、婚約したらしい同期の男、そして恋人のいる湊——男連中ばかり幸せそうで、恵茉も友人のペースに合わせてアルコールを飲んだ。

テーブルに並んだ料理を適当に取り皿にのせながら、彼女の近況兼愚痴を聞く。

どうやらつい最近まで付き合っていた相手と別れたばかりのようで「男なんかもういい！　仕事に生きる」なんてリスキーな発言をしている。

結婚適齢期なんて誰が言い出したのか。

おかげで周囲に結婚していく同期が増えていけばいくほど、嫌でも焦燥感を抱かずにはいられない。

友人は愚痴りながら瓶ビールを手にして手酌で注ぎ足していく。ついでに恵茉のグラスにも注いでくれる。

少し自棄になったような飲み方に付き合ううちに、恵茉もいつもより飲むペースが速くなった。

この間別れた高城も、あの後本命の彼女とすぐにうまくいったのか、婚約したらしいという噂を聞いたばかりだ。

――結婚願望はある。

でもそれ以上に恵茉は誰かの『一番』になりたいと思う。

お手軽で後腐れのない『二番目の女』ではなく誰かの『一番』に。

そしてできることなら好きな人の『一番』に。

でもそれがどれだけ貴重なことなのか、難しいことなのか恵茉は身をもって知っている。

恵茉はつい視線を湊へと向けた。彼の周囲には同期の女性たちが陣取り始めて、無駄な挑戦をしているように見えた。

いや、きっとあの男と一番無駄な関係を築いているのは自分だ。

飲み放題に甘えて友人が頼んだらしいチューハイの氷が、からりと音をたてて溶けた。

恵茉はビールを飲み干すと、目の前のそれへと手を伸ばした。氷で薄まったそれはジュースなのかアルコールなのかよくわからない味になっていた。


「早川、そろそろこっちはどう？」

恵茉の目の前に、ぽってりしたこげ茶色の徳利がふられた。そしてお猪口が差し出される。

翔は「内緒な」と小さく呟いて恵茉の隣に腰を下ろした。友人はいつのまにか別の席に移動したようでそこは空席になっていた。

飲み放題メニューに日本酒は入っていなかったように思ったが、恵茉は素直にそれを受け取った。

「ジュースみたいなチューハイじゃ早川は物足りないだろう？　この間は出産祝いありがとう。亜貴も喜んでいた」

翔の妻の亜貴も会社の同期だ。恵茉は友人と亜貴と三人でよくつるんでいた。

翔と付き合い始めた頃は彼女の相談によくのったものだ。

いろいろあったけれど二人は結婚して、そして子どもを授かった。

「亜貴はどう？　本当は今夜も来たかったんじゃない？」

「産後の育児疲れでそんな余裕ないよ。俺もさすがに今夜は一次会で帰るつもりだし」

「自分だけ飲むのは心苦しい？」

「まあ、ね」

それでも無事亜貴が出産を終えたからこそ、翔も久しぶりの同期会を開く気になったのだろう。

もしかしたら、結婚式の二次会のお礼も兼ねて幹事役を引き受けたのかもしれない。

恵茉は翔に甘えて彼の奢りであろう日本酒を口にした。すっきりとした辛味と深みのある味が広がっていく。

「お祝い喜んでくれたならよかった。もう少し落ち着いたら赤ちゃん見にいかせてもらうわね」

「ああ、ぜひ。亜貴も早川たちに会いたがっているから」

恵茉は翔のお猪口にも日本酒を注いだ。

この男は出会った時から新入社員とは思えないほど貫禄があった。父親になってさらにそれが増したように思う。

亜貴は『安心するの』とよく言っていた。

『彼のそばにいれば大丈夫。そんな気持ちになるの』と。

それは、彼女が翔を信頼している証だ。きっかけは妊娠だったけれど二人が結婚するのは当然だと思えた。

そんな相手に出会えて、結婚できた亜貴が羨ましかった。

彼女の言う『大丈夫』だと思える相手に、自分もいつか出会えることを願っていた。そんな存在ができるはずだと信じたかった。

でも現実は厳しい。

こうして同じ場所にいるのに湊は遠い存在で、ものすごく近くまでいけるのに心は離れている。

「早川もそろそろ落ち着きそう？」

ざわめきに呑み込まれそうな小さな呟きに恵茉はびくっと反応した。だから聞こえなかったふりはできなかった。

「落ち着きそうって？」

もし、翔の耳に届いているとすれば高城と別れたという噂のはずだ。まだ始まったかどうかもわからない啓一との恋ではない。

けれど翔は意味深にじっと恵茉を見つめる。

「この間、見かけたんだよ、早川が男と歩いているの。なんか、今まで付き合っていた男と随分雰囲気が違うからさ。もしかしていよいよ本命かなとか思ったんだけど」

翔の言葉に恵茉は目を細めた。

自分がこれまで付き合ってきた相手と、啓一との違いなど恵茉にはよくわからない。確かにこれまでは年上の落ち着いた男ばかりで、彼のような同年代はいなかった。

「俺、深読みしすぎかな？　湊もそれっぽいこと言っていたからさ」

恵茉は、ぐっと奥歯を噛み締めた。

動揺を翔に悟られないよう、表情だけは変えないように努力する。

啓一と二人で一緒にいたところを見られた？　翔と湊に。

そして彼らから見れば、自分たちは「そろそろ落ち着きそうな二人」にでも見えたのか？

「堤くんも……見たの？」

「まあ、一緒にいたから」

「本命っぽいって？」

「ん、ああ」

翔は「おまえとうとう父親なんだって？」と遅れて来た同期に声をかけられて、そちらを向いた。そのまま男性たちの輪にひきずられる。「早川、ごめん」と言って去っていく彼を恵茉は見送った。

恵茉はバッグの中のスマホの存在を思い出す。

今夜の同期会に参加するかどうか湊に聞かれて『少し遅れて行く』と返事をした。彼からは『終了次第いつもの場所で落ち合おう』とメッセージがきた。

啓一と会うようになってから、湊より啓一との約束を優先するようにした。だから最近は湊からの誘いを断っている。

同期会で顔を合わせるのに、断るのも不自然な気がして、恵茉は随分迷った挙句ＯＫの返事を送っていた。

湊は、恵茉が新しい男と付き合い始めようとしていることを知っている？

それなのに、今夜会おうと誘いをかけてきたのか？

ＯＫの返事をした自分を恵茉は今さらながら後悔した。

うしろめたいことはなにもないはずだ。

湊にとって恵茉はただのセフレであって彼女ではない。

彼には恋人がきちんといるし、恵茉が誰と付き合おうと自由だ。

けれど彼は、恵茉に恋人と呼べるような存在ができると距離を置く。正直、彼のそのスタンスの理由はよくわからないけれど、実際恋人ができた後に誘われたことは一度もない。

恵茉が拒否をするとでも確信しているのか。

それとも他の男のものになったら興味をなくすのか。

面倒ごとに巻き込まれたくないからか。

啓一と一緒にいるところを見たのであれば、今夜彼は恵茉に『恋人ができたのか?』と聞いてくるのだろうか。

その時なんと答えればいいのだろうか。

啓一とはまだはっきりと恋人同士と言える関係ではない。

何度か食事はしているし、交際を仄めかす言動をすることもある。けれど確定的ではない。

だからこそきっぱりと拒む理由がなくて曖昧なまま逢瀬を重ねている。

恵茉の返答次第で、湊との関係が続くか終わるか――今夜決まるのかもしれない。

どうしていいのかわからなくて、恵茉は翔が残した徳利から日本酒を注ぐと呷った。いろんなアルコールが胃の中でちゃんぽんになっている。アルコールに弱いほうではないけれど、今夜はかなりの量を飲んでいる。

いっそ酔ってしまったほうが楽なようにも思えて、恵茉の手はアルコール度数の高いものに自然に伸びていた。

ばらばらになっても不自然ではない二次会の途中で恵茉はその場を抜けた。

同期同士で付き合うなんてよくあることなのに、湊に彼女がいるせいで歪になる関係。

待ち合わせ場所を無視して家に帰ることもできた。そうして逃げ出したほうが楽な気もするのに、恵茉の足は自然にそこへと向かってしまう。

湊との関係を終わらせたほうがいいことははっきりしている。

むしろ終わらせるために行動を起こして啓一と会っているのだ。そうして今までも無理やり恋を始めてきた。

啓一と一緒のところを湊に見られたのであれば、ちょうどいい。

嘘でも『彼と付き合うことにしたから、もう二人きりでは会わない。セフレは解消』と言えばいい。

そうすれば湊との関係はすんなり終わる。

けれどそれが怖い。

そうすればもう二度と湊との関係は始まらないかもしれないから——

次々と結婚し始める同期たち。

湊だって今付き合っている恋人と結婚する可能性だってある。

湊との関係を終わらせたいがために、啓一との関係を始めようとしているのに、その恋に踏み出すことをためらっている。

（矛盾ばっかり！）

好きな男がいるのに他の男と付き合おうとする虚しさ、いつまでも叶わない恋心を抱く愚かさ。

自覚していながらどうすれば想いを断ち切ることができるのかわからない。

恵茉は立ち止まると、ぼんやり夜空を見上げた。

霞のような雲が浮かんで時折丸い月を覆い隠す。

「早川」

名前を呼ばれて振り返れば、湊が近づいてくる。待ち合わせ場所までは少し距離があるのに、わざわざ来たのだろうか。

「遅いぞ。心配するだろう？」

自然に腕を掴まれる。

恵茉の体を支えるようなその仕草に、自分の体が予想以上にふわふわしていることに気づいた。

「随分、飲んでいたな。大丈夫か？」

飲み会の場で湊と目が合うことなどなかった。

それなのに気にかけていたことを示唆するような台詞が恵茉の心の隙間を埋める。

ずるいな――と思う。

たった一言でこの男は恵茉の迷いをすぐに消してしまう。

湊に掴まれた腕がほんのり温かくて体重を預けた。

仕方ないなという風に肩を抱かれると、まるで恋人同士みたいに思える。

なんだかおかしくて恵茉は笑った。

恋人なんかじゃない。

彼には本命がいて自分はただのセックスの相手で。決して彼の恋人にはなれない。

会社の同期という不安定な間柄でセックスをしているのに、そこから発展していかないのは湊にその気がないことを充分わからせている。

その事実にこんなに胸が苦しくなるのなら、セフレ関係などさっさと解消してしまえばいい。恵茉が拒んでも彼は痛くもかゆくもないのだから。

けれどセフレだからプライベートでの彼を知った。

こうして触れることができて、甘えることができて、まるで恋人のように夢を見られる。

たとえそれが儚い、まやかしであっても――

「早川？」

湊に顔を覗き込まれそうになって恵茉は背伸びをした。泣きそうなのを誤魔化したくて、彼の唇を塞ぐ。

道端でキスをするなんて自分らしくない行為も、酔いのせいにしてしまえばいい。

そのまま湊の胸に頬を寄せると瞼で涙を閉じ込めた。

「おまえっ！　酔っているだろう？」

「酔ってない」

「酔っていなきゃ、こんなことしないだろうが！」

呆れたように小さく怒鳴るくせに、湊は恵茉の体を支えて抱き寄せた。そうして優しく頭を撫でる。

胸はひどく苦しいのに、彼のぬくもりに包まれて恵茉は皮肉にも亜貴の言葉を思い出した。

『安心するの』

そう、この腕の中はとても『安心する』。

そう感じてしまうほど気持ちは湊に傾いている。

そばにいればいるほど想いは深まってどんどん欲張りになっていく。

あふれる気持ちのまま想いを告げればきっと、こんな不安定な関係が終わるばかりか同期としての関係さえ壊れてしまうだろう。

だから、終わらせたいのに壊したくない——矛盾を胸に抱えたまま恵茉は縋るように湊の腕の中にいた。

「おい……大丈夫か？」

耳元でそう何度も囁かれる。言いながら額の生え際を優しく撫でられる。

啄むようなキスをしては、そっと舌が入れられて緩やかに絡み合う。

まるで波間に揺られているように穏やかに優しく触れられて、甘い痺れがゆっくりと全身に広がった。

とても大切に抱かれている気がして、同じように相手を抱きしめたいのに腕には力が入らなかった。受け止めることしかできないのがもどかしいのに、このまますべてを委ねてしまいたくもある。

「……ん」

「恵茉……恵茉」

甘い囁きに導かれるように、恵茉はゆっくりと目を開けた。

こめかみや頬に優しくキスをされているのがわかる。ぼんやりとした光が視界に満ちた後、見下ろす湊の輪郭が浮かび上がった。

「気づいた？」

「つ、つみくん？」

「そう」

「……え、なんで？」

「珍しく飲みすぎたな。酔って意識なくすなんて俺以外の前でするなよ」

ああ、そうだと数時間前の記憶を手繰り寄せる。

久しぶりの同期会で友人とおしゃべりして同期の男の婚約話を聞いて、そして翔から日本酒をご馳走になった。

その時に確か――

「喉が渇いただろう？　水分をとったほうがいい」

湊は体を起こすと、そばに置いていたらしいペットボトルを渡してくれる。

恵茉はシーツで体を隠しつつ上半身を起こしてそれを口にした。口内に広がる冷たさで喉の渇きを自覚した。

曖昧(あいまい)だった意識がだんだんとはっきりしてきて恵茉は違和感を覚えた。

薄暗い部屋の中の唯一の光源はベッドサイドのスタンドライト。

その隣に大きな書棚があって本が並んでいるのがわかる。シンプルな机の上には折りたたまれたノートパソコン。

体を覆うのはグレーのシーツで、フローリングの床には互いの衣服が無造作に散らばっている。

明らかにホテルの部屋とは違う様相に、恵茉は緊張した。

「ここ、どこ」

声が小さく震える。

「俺の部屋」

その端的な言葉に、まさかという思いとやっぱりという予想が交錯(こうさく)した。

シンプルで無機質な……男っぽい空間。

そして今自分がいるのは、湊が普段から眠りについているベッド。

「おまえかなり酔っていたし、途中で気分が悪くなっても困るし、距離的にも遠くはなかったから」

なんでもないように言って、恵茉の手からペットボトルをとりあげる。そしてためらうことなくそこに口をつけて彼も飲んだ。

こういう関係になってから、不意に彼が『俺の部屋に来る？』と誘うことがあった。

そのたびに恵茉はやんわりと断っていた。

男の部屋へ行けるのは恋人だけの特権だ。

彼のプライベートには絶対立ち入らない。

それは一緒に朝を迎えないのと同じ理由で、恵茉が自分に課した勝手なルールだった。

いや、彼の部屋を訪れたら、見つけてしまうかもしれない恋人の痕跡(こんせき)を見たくはなかった。

これ以上深く彼のことを知りたくなかった。

ここは自分がいていい場所じゃない——一気に酔いが醒(さ)めた気がした。

「ごめんなさい。迷惑かけて」

「迷惑じゃないから気にするな」

「今、何時？」

同期会を終えたのはいつだったか。

そしてそれからどれぐらいこの部屋で眠りについていたのだろうか。

薄暗い部屋を見回してみても壁に時計らしきものはない。

湊はベッドサイドに手を伸ばすと、デジタル表示の小さな目覚まし時計を見せた。

「電車はとっくにない。後数時間もすれば朝になる」

午前三時二十分。

無機質に示す青白いその数字に恵茉は小さく息を吐く。アルコールの匂いが残った息。

体は気だるいが頭痛はない。少し眠ったのがよかったのだろう。

ここから自分の家までどれぐらいあるかわからないが、タクシーをつかまえさえすれば帰ることはできる。シャワーを浴びたい気もしたけれど、彼の部屋のシャワーを借りるのはそれこそまずい気がして、恵茉はベッドから降りようとした。

「帰るのか？」

低い声が響いて軽く腕を掴まれた。

「ごめん。迷惑かけて部屋にまで連れてきてもらって。これ以上は迷惑かけたくないから」

「迷惑じゃないって言っただろう」

額（ひたい）に落ちた前髪の先にある湊の視線が強く恵茉を射抜く。

「それに……途中で寝落ちされて、俺なにもしていないんだけど」

湊の言葉の意味が一瞬わからなくて、けれどそれに気づくと恵茉は頬を染めた。

恵茉は全裸だ。

おそらく眠りにつく直前まで行為があったのだろう。その証拠に体には酔いだけではない気だるさがある。

酔ったセフレをわざわざ介抱して自宅にまで連れてきてベッドに寝かせたのに、なにもしないまま帰すなんて確かに損だろう。

「気分悪くないなら、続きさせろよ」

「でも……」

「家まで連れ帰って酔ったおまえを介抱したんだ。どうせ明日は休みなんだし、このままここに泊まればいい」

恵茉の腕を掴む手に力が込められた。

唇が重なりそうなほどの至近距離で、熱を孕んだ湊の目が恵茉をじっと見る。

このまま湊の家に泊まる。

それは恵茉がプライドをかけて避けてきたことを無駄にする行為。

朝を迎えないこと、彼の部屋に行かないこと——ここで応じればすべてが無駄になる。

逡巡していた恵茉の脳裏に翔との会話が思い出された。

翔は確かに言った。啓一と恵茉が一緒にいるところを湊とともに目撃したのだと。

彼は恵茉に新しい男がいる可能性に気づいている。

それでも今夜こうして誘ってきた。

気づかないままでいるつもりなのか、問いただすつもりなのか、部屋まで連れてきたことに意味があるのか恵茉にはわからない。

ただ、もしかしたら今夜が最後になるかもしれない——もう二度と誘われないかもしれない。

そんな可能性が過って狼狽える。

「恵茉。抱きたい」

そう告げられて唇を塞がれれば、恵茉に拒否などできるはずもない。

舌がねじ込まれてベッドに押し倒された時、恵茉は自分が本当はなにを欲しているのか自覚せざるを得なかった。

シーツの感触、ベッドのやわらかさ、そしてかすかな匂い。

湊の部屋で抱かれていると思うだけで、恵茉は肌が粟立つのがわかった。酔いが残っているせいか体は湊の与えるものに素直に反応してしまう。

湊の舌が歯列のひとつひとつをなぞっていく。恵茉の舌をとらえれば、きつく締めつける。どちらのものともわからない唾液があふれて恵茉は必死にそれを飲んだ。

そのまま彼の指は慣れたように恵茉の肌の上を滑る。激しいキスとは裏腹の、羽がかするような繊細な指先の動きに恵茉の体は簡単に震えてしまう。

湊とのセックスをすっかり覚えた体は、それに溺れているようだ。いつも以上に自分が敏感になっているのがわかる。

「やっ、はあっ」

キスの合間に漏れる声さえ許さないように湊は唇を離さなかった。

指はとっくに恵茉の敏感な部分を優しく撫でて、そこがすっかり興奮して膨らんでいるのを教えてくる。中から蜜がこぼれて太腿を伝ってシーツを汚していくのがわかった。

彼がいつも眠りにつくベッドのシーツを自分が汚す背徳感。

部屋に響く自分の卑猥な声。

「やあっ、堤くん！　ダメっ」

「ダメじゃない」

どこかに飛ばされそうな感覚に、恵茉は思わず湊にしがみつきたくなった。

かろうじて、シーツを掴んでやりすごす。

これ以上自ら課した枷をはずしたくはない。

その代わりのように、湊はぎゅっと恵茉の体を抱きしめた。彼の腕の中でがくがくと体が震える。自分がどれだけ感じているかを教えてしまう。

「あ……あっ、ああっ!!」

ホテルではないのだから声を抑えなければならないと思うのに、恵茉の口はだらしなく開いて乞うような叫びをあげた。

達した体がおさまる間もなくうつぶせにされる。

この体位はあまり好きじゃない。

顔を見ることができないし、抱きしめられもしない。動物みたいに組み伏せられて、男の欲を解放するための道具になった気分になる。

なにより顔を見ずに抱かれていたら、誰かの身代わりのような気分になる。

それなのに恵茉にとっては快楽を感じやすい体位でもあるのだ。

力の抜けた体は抵抗もできず、高く腰を上げさせられる。避妊具をつけたらしい彼のものが恵茉の秘部にあてられた。

軽く上下にこすられて、恵茉のこぼした蜜をまとわりつかせながら同時に敏感に張り詰めた芽をこする。

「あんっ……やんっ」

「恵茉、腰揺れている」

卑猥な場所で交わすキス。

涎を垂らし、欲しくてたまらないと口を開けているのは恵茉だけだ。彼はただ己をそこにこすりつけて、恵茉が自らくわえるのを待っている。

体の奥がきゅっと疼く。

湊に指摘されずとも、体は勝手に動いてそれを呑み込もうと必死だ。

「堤くんっ！」

たまらなくなって名前を呼んだ。けれど湊は胸の先と芽へと同時に手を伸ばす。

「やっ、ダメっ……あっ、また」

「恵茉……欲しいならちゃんと言えよ」

「はぁ……あんっ、ああっ」

ふたたび軽く達して、蜜が再度こぼれるのがわかった。きっと彼の目には卑猥に蠢く場所も、感じて濡れているのもすべてが映っている。

胸の先を両方一緒につままれた瞬間、恵茉は耐えられなくて彼の求める言葉を吐く。

「湊！　入れて！」

恵茉の望みにすぐに応えて、湊はためらうことなく一気に恵茉の奥へと突っ込んだ。

そのままの勢いで出し入れする。恵茉は背後から体を揺さぶられながら、抑えられないか細い声を発し続けた。

「んんっ……あんっ」

顔をベッドにつけて、恵茉はなんとか声を抑えようと口を手で押さえようとした。湊はその手を両方とも掴んでひっぱりあげる。

上半身が不安定に揺れる中、腰を押しつけられる。肌と肌がぶつかる音が響いては、わずかにあった隙間が埋まるように空気が抜けた。

湊のものと己とがぴったりと合わさった感覚があった。中からお腹を揺さぶって、中心に隠れていた快感の扉をこじあける。

「はっ、恵茉！」

「やあっ、湊っ！　あん、ダメっ……いやぁ」

「いいから、イけよ」

「やぁ……ああっ!!」

恵茉を限界へと追い込むべく、湊が強く速く腰を振る。

このまま朝など来なければいい。永遠に夜であればいい。

こうしてずっと彼に抱かれていれば、終わりなど考えなくて済む。

「恵茉」

耳元で囁かれる名前に含まれる甘さが、幻でなければいいのに。

追い詰められるままに恵茉は快楽の果てへと導かれた。

＊＊＊

カーテンの隙間から洩れる光が青から黄色になっていく間にも、恵茉は湊に抱かれていた。

互いに次の日が休みだとわかっているからこその行為に、今まで朝を迎えずに帰っていた自分は正しかったのだと思う。

元々、最近の彼とのセックスは回数も内容も濃さを増していた気がしていたけれど、気のせいではなかったようだ。

快感の海に投げ出されてだれきった体は恵茉の意思通りには動かなかった。

視線だけをなんとかベッドサイドのデジタル時計に向ける。何度確認しても、朝と言うより朝と昼の中間のような時間帯だ。

「起きたのか？」

湊がカーテンを開けると眩(まばゆ)い光が差し込んだ。

その眩(まぶ)しさに目を細める。細身のジーンズにカジュアルなシャツを羽織っただけの湊の髪は、まだ湿っていた。

おもむろにペットボトルを差し出されて、恵茉はなんとか体を起こした。

まだ体が震えている気がする。けれどすでに身綺麗にしている男を前にそんな醜態(しゅうたい)はさらしたくない。

「二日酔いは？」

「多分、大丈夫……」

言って、恵茉は咳き込んだ。喉がきつい。声がかすれている。

ペットボトルの水で喉を潤すと意識がはっきりしてきた。

声が嗄れているのは、お酒を飲みすぎたせいだけじゃない。昨夜の激しい行為のせいだ。

この部屋でどれだけ声をあげたか思い出しかけて、それを消し去るべく恵茉は頭を軽く振った。

淡い光の中で見るスーツ姿ではない湊の姿に、ドキッとする。

いつも隙がない印象があるし、ベッドではちょっと強引だ。だからリラックスした素の彼がやけに眩しく見えた。

（光のせい、かな）

朝の光——二人で浴びることはないと決めていたのに、今こうしてここにいる自分が不思議だった。

けれど恵茉は今ベッドでいまだ裸のままだし、ある種の倦怠感に包まれている。

（二つとも破っちゃったな……）

彼の部屋には行かない。一緒に朝は迎えない。

けれど恵茉の心には、決めたことを破った後悔よりも、あきらめのようなものが広がっていた。

「シャワー浴びるだろう？」

「うん」

「動けるか？」

恵茉はじっと湊を睨んだ。湊は苦笑しながら肩をすくめる。

「抱いてバスルームに連れて行こうか？　それとも一緒に入る？」

「入りません！」

すでに自分はシャワーを浴びたくせに、この男はいつも誘ってくる。よほど一緒にお風呂に入るのが好きなのだろうか。

「なにか、食べられそうか？　パンと、インスタントのスープぐらいしかないけど」

「スープだけもらおうかな」

「OK。準備しておくからシャワー浴びてこいよ。バスローブなんてしゃれたもんないから、これで我慢しろ」

「……うん、ありがとう」

渡された大判の白いバスタオルはふんわりしている。

恵茉はぼんやりと寝室を出ていく湊の背中を見送った。

白いレースのカーテンから差し込む光が露わにする彼の部屋は、机の端に無造作に積み上げられた雑誌とか、書棚の中の仕事関係の本だとか、椅子の背中に乱暴にかけられた昨夜のネクタイとか、彼らしさが滲み出ている。

恵茉はバスタオルを体に巻くと、無造作にまとめられていた自分の衣服を手にした。ふらつきそうになる脚に力を入れて、もうきっと入ることのない部屋を最後に一瞥した。

湊の寝室はモノトーンをベースにした男っぽいシンプルな感じだった。

けれどリビングダイニングルームは、温かみのある北欧風の雰囲気だ。

淡い木目のダイニングテーブルにおそろいの椅子。ウッドフレームのファブリックソファは落ち着いたグリーン。テレビボードの扉も木目で、壁の棚には小さな観葉植物が飾られている。

「お風呂ありがとう。シャンプーとか借りた」

「いいよ、別に。ドライヤーの場所わかったか？」

「ええ」

洗面所にもバスルームにも、はっきりとわかるような女性の痕跡(こんせき)はなかった。

けれどバスルームに置いてあったのはオーガニック系の少し高級なシャンプー類だったし、寝室は彼らしさがあったものの、温かみのあるリビングダイニングのコーディネートは女性っぽい感じもする。

「このシャンプーいい香りね」

ラベンダーの優しい香りは本来なら癒されるだろうに、今は少し落ち着かない。

テーブルにはインスタントのスープとコーヒーが用意されていて、恵茉は椅子に腰かけた。

「ああ、それ。兄貴に使ってみろって押しつけられた。兄貴が美容師やっていて、店でそれを使っているから試してほしいって言われたんだ」

自分の分の焼いた食パンを運びながら、なんでもない風に湊が答えた。

「そうなんだ」

もしかしたら恋人の愛用品かもしれない。

そう思いながら使ったくせに、そうでないことに安堵する。

「なにもないけど」

「充分よ」

コップに入った歯ブラシは一本しかなかった。目につく範囲に女性ものの化粧品も小物もない。

テーブルに並んだ食器にもペアのものはない。

いや、湊がペアのマグカップを使うイメージはないな、とも思い直す。

恋人の存在を感じさせるものがあるのではないかと、それを見ればショックを受けるのではないかと危惧して部屋へ行くことを拒んでいた。

「こういう部屋に住んでいるとは思わなかった」

「こういう部屋って？」

薄茶に焦げた食パンにかぶりついて湊が聞く。

恵茉はコーンスープをゆっくりとスプーンでかき混ぜた。

「なんか優しい感じの、北欧風みたいな部屋」

「ああ、これも全部兄貴セレクト」

「お兄さん……」

「そう。美容師やっているせいかどうか知らないけど、まあ服とか小物とかインテリアとかが好きで。店を出す時、どういう雰囲気にするか検討するために俺の部屋をいじったんだ。だからテイストがバラバラ。まあ俺は帰って寝るだけだし、好みもこだわりもないから好きなようにさせた」

「そうなんだ……」

この部屋のテイストこそ恋人の好みに合わせたものじゃないかと予想していたのに、すべてが違っていて安堵する。

そしてそんな自分をいやらしく思う。

スプーンですくったスープを口に含むと、甘ったるい味がした。

彼の部屋へ来たことに怯えていたのに、今はこうして穏やかな時間を過ごしている。

この男の意外な部分をさらに知って、そのことに喜びを感じている。

彼の部屋で一緒に朝を迎えた二人が、向かい合わせで座って朝食を食べる。

恋人同士なら当然の甘い時間。本来なら自分が過ごすべきではない時間。

「早川、今日時間あるか？」

「え？　ええ」

深く考えずに反射的に答えてしまい、少ししまった、と思う。

「じゃあ、酔っ払いを介抱したお礼に今日一日付き合えよ」

湊はコーヒーを飲みながらそのまま続ける。

「兄貴のところがもうすぐ出産予定でさ、そのお祝いを選ぶのを手伝ってくれないか？　翔のところの出産祝いも早川が選んだって聞いた。俺だとなにを買っていいかわからないからさ」

恵茉は湊が言った言葉を再度頭の中で繰り返した。

——介抱したお礼に、兄夫婦への出産祝いを選ぶのを手伝ってほしい。

今日の予定など特になにもない。飲み会の翌日だからだらだら過ごすだろうとあえてなにも入れなかった。せいぜい部屋の掃除をして食材の買い出しに行く程度だ。

「早川？　聞いている？」

ぼんやりとしていた恵茉に、湊は声をかける。

この男には予定がないのだろうか。三連休なのに恋人と約束はしなかったのか。

ふと、恋人になにか予定があって暇になったから、飲み会の後に恵茉を誘い、部屋にまで連れてきたのかもしれないと思った。

そう、自分はいつだって恋人の代わりの暇つぶしの相手でしかない。

「介抱のお礼ね……いいわ。でも私一度家には帰りたい」

「ああ、車で送る。一度早川の家に寄って、それからそのまま出かけよう」

だから『彼女と選んだほうがいいんじゃないの？』という無粋な言葉は呑み込んだ。

それに——あんなに彼と朝を迎えることに怯えていたのに、恵茉は今、思ったより穏やかな気持ちでいる。

「うん、わかった」

だからもう少しだけ、疑似恋人のようなこの時間を引き延ばしたくなった。

（多分——これで最後）

『早川』と呼ばれた時になんとなくそう思った。

それは恵茉の勝手な思い込みでしかなく、現実的にはこれからも彼との曖昧な関係は続いていくのかもしれない。

何事もなかったように日常を過ごして、彼に誘われればセックスの相手をする。

ただそれだけの繋がり。

第一、始まりも終わりもないものをどうやって終わらせるつもりなのか。

それでも恵茉は最後になるだろう予感を抱く。

(最初で最後のデート……か)

今度こそ終わりにしよう。

恵茉は朧気にそう覚悟をした。

＊＊＊

部屋に戻って着替えた後、ふたたび湊の運転する車に恵茉は乗り込んだ。

時折、いまだに自分は酔っているのかもしれないと思う。湊とこうして二人で出かけるなんて今まで想像したこともなかった。

会社で仕事をするか、一緒に食事をするか、ホテルでセックスをするか、ただそれだけの相手でしかなかった。

だから非現実的な感覚が抜けない。

（私はただの会社の同期。酔って迷惑をかけたお詫びに彼の買い物に付き合うだけ。友人の一人として振る舞えばいい）

自分の家に戻って着替えながら言い聞かせた台詞を、恵茉はもう一度頭の中で唱えた。そうしなければどことなく浮ついて落ち着かない気分になる。湊の前でどういう自分でいればいいのかわからなくなる。

湊が待つ車に乗ろうとした時、彼は運転席でスマホを耳にあてていた。電話を終えたタイミングを見計らって車に乗ったから、相手が誰だかわかりはしなかった。それでももしかしたら恋人だったかもと想像すると、彼の申し出に応じたことを少し後悔した。

けれど車は走っているし、もう逃げ出すことはできない。

恵茉は意識して同期の仮面をかぶった。

「どこに買いにいくつもりなの？」

湊は車で出かけると最初から決めていたので、どこか行くあてがあるのだろうと思った。

「ああ、翔があのショッピングモールなら子ども関係の店がいろいろあるって言っていたから、そこに行ってみようと思って。早川は行ったことがある？」

大型のショッピングモールの名前を言われて、恵茉は首を横に振った。

「車がないと行けないから行ったことない。でもベビー用品のお店が充実しているらしいとは聞いたことがある」

「うちの兄貴、好みが少しうるさいから」

義姉さんはそこまでうるさくないんだけどな、と湊は小さく続ける。センスのいいものを贈らないと受け取ってもらえなさそうな言い草に恵茉は笑った。

亜貴のところには実用性も兼ねてオムツをケーキを贈った。新生児サイズのオムツをケーキ型のオブジェにまとめて、リボンや花でかわいらしく飾ったものだ。

オーソドックスにベビー服も候補にあげたが、新生児サイズはすぐに着られなくなってしまうし、お祝いでたくさんもらいそうでやめた。

「ベビー用品って本当にかわいいから、いろいろ迷いそうね」

「友人が子どもも産むと自分も欲しくなるって義姉さんがよく言っていたけど、翔のところに生まれて早川もそう思うか？」

友人と一緒に出産祝いを買いに出かけた時、あまりに小さな靴下に驚いたし、いろんなものが必要になるのだとは思った。

「そうね……それ以前に私の場合は相手を探すのが先だけど」

「結婚したいのか？」

——結婚。

今の恵茉にはかなり縁遠い言葉だ。

少し前に結婚したいとこもいるし、友人の結婚話もちらほら聞いている。当然憧れはあっても、それより先に乗り越えなければならないハードルがいくつもあって想像できない。

「ご縁があればいつかはね。堤くんは？　考えないの？」

探っているのか、自分の傷を抉っているのかわからないまま恵茉は口にした。

会話の流れに不自然さはない。

けれど不埒な関係の自分たちにはふさわしくない話題に思えた。

まるで駆け引きめいたやりとりに、恵茉はまたひとつ自分のずるさを自覚する。

「考えるよ」

さらりと湊が口にした。

「翔に先を越されてくやしいからな」

冗談めかした口調で続けたけれど、恵茉は思った以上に衝撃を受けて言葉を失った。

——結婚を考えている。そしてその相手はきっと今付き合っている恋人。

これで最後にしたいとは思っていたけれど、この瞬間、この関係を終わりにしようとしているのは湊のほうなのかもしれないと漠然と感じ取る。

そう考えれば……自分の部屋へ恵茉を連れ込んだのも、今一緒に出かけているのも彼なりの最後の思い出作りなのだろうか。

「堤くんも、すぐに幸せ組の仲間入りをしそうね」

「そう願っているよ」

どんな表情でそう答えているのか、見ることはできなかった。

幸せそうにほほ笑んでいるのか、恋人を思い出しているのか、未来を思い描いているのか。

目の前のまっすぐな道路が歪んで滲む。陽の光の眩しさに目を細めるふりをして、恵茉はそのまま目を閉じた。

うまく歩けない、というのが恵茉の思ったことだ。

湊の隣を歩きながら、どれぐらいの間を空ければいいのか、どういうペースで歩けばいいのか戸惑いつつもなんとか脚を進める。

駐車場は満車に近く、それを証明するように店内にも人があふれていた。カラフルな色合いの店内には賑やかな声が響き渡る。

幼い子どもを連れた家族連れ、幸せそうな老夫婦、仲良く腕を組んで歩く若いカップル。

健全な関係の人たちの中で自分たち二人が異質に思える。

いや、会社の同期なのだから『迷惑をかけたお詫びに買い物に付き合う』という名目は成り立つのかもしれない。

うしろめたい気分になるのは、自分が悪いことをしていると認識しているせいだ。

湊の部屋で朝食を食べた時は、もう少し穏やかに時間は過ぎていく気がしていたのに、今は彼の申し出に応じたことを後悔している。

どうして朝を迎えたのだろう。

どうして二人でこんな場所にいるのだろう。

夜に会ってセックスを楽しむだけの関係でいれば、自分を誤魔化して開き直って一緒にいることができた。

でも今は、湊のそばにいる自分が滑稽に思える。

ベビー用品や輸入雑貨を取り扱うお店に入った。白とベージュを基調とした店内は、湊の部屋と似た雰囲気だ。童謡のオルゴールの音色が優しく響く。

新婚夫婦らしき人たちはおしゃれな食器を見ているし、おなかが膨らんだ妊婦さんは夫と一緒にベビー服を手にしておしゃべりしている。

白いもこもこのベビーシューズに、ぬくもりのある木製のガラガラ。ガーゼ素材のピンク色のおくるみに、銀色のスプーン。

「性別はわかっているの？」

「ああ、女の子」

翔と亜貴夫婦のところは男の子だった。

棚に置いてあるものを見て回りながら、女の子であることを意識して探す。

女の子――かわいらしい雰囲気の湊の恋人ならどんなものを選ぶのだろうか。

「彼女とくればよかったのに」

小さく呟いて自分で傷を抉った。

湊は『はじめての離乳食』のポップが表示された棚で、木製の小さな器を手にしていた。

聞こえていないかと思ったのに、湊は軽く振り返った。

「選んだことがないからわからないって断られた」

そういうものだろうか。

わからないから一緒に選ぶのが楽しいだろうに。恋人同士だったらこんな風に出かけるだけできっと嬉しい。

恋人がいるのに恵茉と浮気をして、自分の部屋に連れ込んで、挙句の果てに兄への出産祝いを一緒に選ばせる。

湊にとっての恋人はどういう位置にあるのだろうか。

(余計な……お世話ね)

想像しかけて、二人がどんな風に付き合っていようと考えることじゃないと意識を切り替える。

「早川だったらどれがいい？」

恋人の話題を振ったって動揺さえ見せない。

彼にとっては恵茉との関係こそ取るに足らないものなのだろう。

恵茉と浮気をしていたって、湊は恋人との結婚を意識している——

恵茉に恋人ができれば中断していた関係は、彼が結婚したとしても構わずに続くのだろうか。

不意に浮かんだその考えに、恵茉は途端にバカバカしくなる。

自分は湊が結婚しても、こんな関係を続けたいのか。

永遠に『一番』にはなれないとわかっていて、それでもこの男と一緒にいたいと願うのか。

この最低な男と——

「これなんかどう？」

オルゴールが内蔵された小さなクマのぬいぐるみは、赤ちゃんのような仕草で首を左右に傾ける。

流れてくる曲は『星に願いを』。

――湊に触れてほしかった。

わずかな時間でも彼と共有したかった。

ただのセックスの相手でも構わないと言い聞かせて。

それでも好きだなんて――恋愛感情はどこまで醜く朽ちるのだろう。

星に願いなんか、届かない。

年を重ねるごとに感情を誤魔化すのも、表情を繕うのも上手になる。

心の中はどれほど惨めで泣きたい気分でも、恵茉は明るい声でクマを手にして「これにしよう」と言い張った。

こんな茶番も関係もさっさと終わらせてしまいたかった。

結局実用性のある、ふわふわした素材の薄黄色のブランケットと、星に願いをかける白いクマのぬいぐるみ型オルゴールが、ショッピングバッグにおさまった。

「朝、遅かったけど早川あまり食べてないだろう？　なにか食べるか？」

店を出るなり湊に聞かれて、恵茉は緩く首を横に振る。

「まだ胃がもたれていて食欲ないみたい」

「大丈夫か？　じゃあなんか飲み物ぐらいがいいか」

お店を探そうと大きな案内表示の前で湊は立ち止まった。

恵茉は会社でのスーツ姿とは違う私服の背中をぼんやり眺めた。

「お祝い買えてよかった。ここで私、失礼するね」

湊が振り返ってわずかに目を見開く。

「早川？　やっぱり体調悪いなら帰る？　送る」

恵茉はうつむいて再度首を横に振った。今日は髪をおろしたままにしておいてよかった。おかげで表情を隠すことができる。

「ううん、いい。私バスで帰る。せっかくだからちょっとお店見てみたいし」

「だったら付き合うよ」

なかなか引き下がらない湊に、どう言えばいいか考えあぐねる。

とにかくもう限界だった。

これ以上同期のふりをして一緒にはいられない。

自分で終わりにすることもできない。彼からの終わりを受け止めることもできない。

だったら自然に日常の延長で終わらせて、そしてただの同期に戻りたいと思った。

もし今度彼に誘われても断ればいい。メッセージのやりとりをしてそれで終わり。

ただの同期に戻りたい、恵茉は心からそう思った。

「ううん、一人で見たい」

どこかで配られたのかオレンジ色の風船が揺れる。

休憩用のソファでは、父親の膝に抱かれた女の子がはしゃいでいる。

「迷子になるわよ、こらっ」という母親の叱る声がする。

ショッピングモールでは何度となく流れているお店のテーマソング。

波模様が描かれたカーペット敷きの床は、どこまでも先に続いているようだ。

「バスで帰るには距離がある。ここまで付き合わせたのは俺だから、最後までちゃんと早川を家に連れて帰る」

静かな湊の声がふってきた。

彼の顔を見ることはできずに、床の波模様に視線を固定する。

見たい店なんかない。今すぐ帰りたい。

でも、そう言えば彼は車で送ると言うに決まっている。

二人きりの空間で耐えられるほどもう、自分は強くないと恵茉は思う。

だからまだこの雑多な人混みに紛れ込んでしまえる場所で、湊から離れて逃げたかった。

「用事が終わったのに……恋人でもない女と過ごす必要はない。恋人が知ったら傷つくと思う」

禁句ともいえる内容に、なんて陳腐でつまらない台詞だろうと泣きたくなった。

今さらだ。

恋人がいることを知っていながら、彼の誘いにのってセックスをした。

その時点で恵茉は湊の恋人を傷つける共犯者になった。

湊から目をそらしたまま恵茉はさらに白々しく言葉を続けた。

「お祝いのプレゼントも買えたし、これで介抱してくれたお礼はおしまい。これ以上私が堤くんに付き合う必要はないよね？　だからここでばいばい。また火曜日に会社で」

彼がどんな表情で聞いているかなどもう知りたくなくて、返事も聞かずに恵茉は背中を向けた。

歩き出そうとした途端、腕が引っ張られて反射的に湊を見上げる姿勢になった。

「帰るなら家まで送る」

「いい！　バスで帰る！」

湊の手から逃(のが)れるべく腕を振ると、逆に力が込められて軽い痛みが走った。

見れば、怒りを隠さずに恵茉を睨(にら)む湊の姿があった。初めて向けられたその視線だけで、恵茉はそれ以上の抵抗も言葉も失う。

「帰るぞ」

有無(うむ)を言わさないその声音(こわね)に、恵茉は小さく怯(おび)えた。

周囲が何事かと視線を向ける。

こんな場所でこれ以上のやりとりをするわけにはいかなくて、湊に腕を引かれるままにショッピングモールを出た。

湊は恵茉の歩くペースなどお構いなしに広い駐車場内を横切っていく。

その間も恵茉の腕は掴んだままだ。

痛みはなくとも逃げられない強さと、彼の放つ緊張感漂う空気に、どうしていいのかわからなかった。

確かに彼に連れられてここまで来た。

バスで帰ると言い張るのはおかしいことかもしれない。けれどこんなに怒りを露わにするようなことだろうか。

——恋人が知ったら傷つく、なんてこの期に及んで……と思えるような台詞を吐いたせいか。

用事が済んだらすぐに帰るなんて言動を訝しく思ったとしても、勘のいい彼なら仕事の時みたいに空気を読んで、もっとあっさり引き下がると思っていた。

(わけがわかんない……)

陽が傾いて湊の車は日陰になっていた。ショッピングモールの建物から随分離れた駐車場の端のせいか、周囲の車はまばらだ。

湊は助手席のドアを開けると、恵茉を車内に押し込んだ。

熱気のこもった空気が肌にまとわりつく。

「これから男と会う予定でもできた?」

「え? なに言って……」

乱暴にドアを閉めて運転席に座ると、湊は恵茉が逃げ出さないように車のシートに両肩を押さえつけた。

「新しい男ができれば俺はまた必要ないってことか? 用事が終われば俺の車にも乗りたくない?」

「そんなこと言っていない! だいたい……新しい男なんていない」

そうだ——湊は恵茉が啓一と歩いているところを目撃していたのだ。

そのことを思い出して後半は声が小さくなった。

誤魔化しているとでも捉えたのか、湊が声を荒らげる。

「とぼけるなよ！　今まで付き合ってきたのとは随分雰囲気違う男と一緒に歩いていただろう？　今度はそいつと付き合うのか!?　別れたら俺の誘いにのって次の男ができるまでの繋ぎにして――遊びで俺とセックスするような女がそう簡単に幸せになれると思うなよ！」

恵茉はひゅっと息を呑む。

鋭いナイフが心臓に突き刺さった気がした。痛みはすぐに全身に広がり体が小刻みに震える。

「……んな、そんな風に思っていたんだ。遊びで男と寝るような女だって」

ひどくショックだった。

次の男ができるまでの繋ぎだなんて、そんな意識はなかった。

恵茉にしてみれば、湊との不毛な関係を終わらせるために、努力して新たな男を探していただけだった。

「実際、そうだろう」

けれどわずかに残っていた冷静な部分が、湊の言葉通りかもしれないと納得し始める。

恵茉が男と別れると、彼が誘ってくる理由。

セックスをしたいとか、都合がいいとか、大人のお付き合いだとかそんな生温い理由だけではなかった。

遊びで男と気楽にセックスする女だと蔑まれていたのか――

「そう……そう、ね」

恵茉とセフレ関係になっても、湊は恋人とは別れない。

現実をわかっていたはずなのに、もしかしたら――なんてどこかで期待していた。

どこまでおめでたいのだろうか。

湊が誘ってくる理由がようやくはっきりして、恵茉は期待を抱いていたらしい過去の自分を消し去りたくなった。

だったらとことん蔑まれればいい、嫌われればいい。

そうすればさすがにもう二度と誘ってはこないはずだ。

（望み通りじゃない！　今度こそ終わりにできる）

「堤くんだって私と同じじゃない……」

涙が勝手に盛り上がってくる。恵茉はぎゅっと顔に力を入れて必死に耐えた。

「恋人がいるくせに私を誘って浮気して――それで彼女との結婚を考えているなんて。私との関係を彼女が知ったら、それこそ堤くんだって困るんじゃないの？」

終わるかもしれないとは思っていた。

終わらなければならないとも思っていた。

けれど――こんな風にお互いを罵り合って侮辱し合うような終わりを迎えるとは思っていなかった。

「浮気じゃない……」

湊はうつむいて苦しげな声でそう漏らした。

恵茉の目からは耐えきれずに涙がこぼれる。

恋人がいながら他の女を誘うことは、この男にとっては浮気じゃないのか？

「浮気じゃない？　気持ちが恋人にあるなら他の女とセックスするのは浮気じゃないとでも言いたいの？」

悲しいのか、くやしいのか、もどかしいのか、わけのわからない感情が恵茉の中で荒れ狂った。

「結婚を！　結婚を考えるほど大事なら、浮気なんかしないで誠実に付き合いなさいよ！　浮気させている私だって最低だけど、堤くんだって最低よ！」

早川恵茉は最低な女で、堤湊は最低な男。

最低な男だとわかっていても好きだった。

それでも本当に好きなら――好きな男に浮気をさせてはいけなかったのだ。

堤湊を最低な男にしたのは恵茉自身だ。

自分の欲望に目が眩んで、どんな形でも彼と一緒にいたくて誘いにのった。

恵茉の肩を掴んでいた湊の手から力が抜ける。

残った痛みを庇うように恵茉は自らを抱きしめた。

好きな男に蔑まれていた事実に傷つき、同時に自分が発した台詞の最低さに情けなくなる。

朝までは確かに穏やかな気持ちで、二人でいることが嬉しかったのに。

セックスなんてせずに男と女にならずに、ただの同期でいればこんな形で罵り合うこともなかった。身勝手でわがままな感情が、その結果の行動が二人の関係を壊した――

涙があふれては頬を伝って落ちていく。

子どもみたいなずるい泣き方だけはしたくなくて、必死に声を殺した。

「だから浮気じゃない……」

湊の指先がそっと恵茉の涙を拭った。彼の顔が間近にあって、ぼやけた視界に映る。

「たとえおまえにとって俺が、次の男ができるまでの繋ぎでしかなくても、俺とのことが遊びでしかなくても、俺にとって早川は浮気じゃなくて本命なんだ」

湊の言った言葉の意味がすぐには入ってこなかった。

ただ静かな声音(こわね)と、目の前の硬い表情が必死でなにかを訴えかけている。

「だから、他の男とはもう付き合うなよ」

懇願(こんがん)するように囁(ささや)かれて背中に腕をまわされる。そのままぎゅっと抱きしめられた。

浮気じゃない――浮気じゃなくて本命なのは、恋人なのか恵茉なのか。

彼はなにを言っているのか。

涙でぐしゃぐしゃのまま、湊に抱きしめられていて、いまだそうされるのが嬉しいのに切なくて、彼がなにを伝えようとしているのかうまく考えられない。

「なにを言って……」

「俺は早川が好きだ」

言われた瞬間、恵茉は湊を強引に引き剥がした。

そのままの勢いで彼の胸を叩く。

「本当に最低‼　堤くんひどい！」

好きだ――たったその一言が、ずっとどれだけ欲しかったか。

どうして誘ってくるのか、考えてもわからないくせに、もしかしたらいつかは……好きだと言ってもらえるのではないかと心のどこかでいつも期待していた。

今まさに期待通りの言葉をもらったのに、こんな状況であるせいで嬉しいどころかくやしくなる。

「そんな嘘をついてまで私を浮気相手にしたいの⁉　彼女と結婚した後は私と不倫でもするつもり⁉」

本音では蔑んでいるくせに、都合のいい相手を引き留めたいだけのくせに。

そのためだけに『好きだ』なんて嘘までつくのはあまりにも最低だ。

「堤くんに誘われるたびに嬉しくて期待して、でも私はやっぱり二番目でしかなくて。それでも好きだから……二番目でもいいから一緒にいたかったけど。もう限界……」

二番目でもいいから一緒にいたかった。

いや、本音ではもしかしたら一番になれるかもしれないと欲を抱いた。

でもそれは絶対ありえないこと。

彼は、階段を下りていくのを最後まで見守るほどの優しさを恋人に示し、結婚したいと考えるほどの気持ちを抱いている。

「早川……俺はおまえが好きだって言ったんだけど」

「だから嘘はいらない！」

「嘘じゃない！」

「嘘よ！　私は堤くんのタイプじゃない。堤くんが付き合ってきた女とは全然違うってわかっている。浮気相手にしたいからってそんな嘘をつくのはやめて！」

彼が好きなのはふんわりしてかわいくて砂糖菓子みたいな甘い子。

彼の隣にはいつもそんな女がいる。だから自分がそこに立つことはできない。

「私は本気で堤くんが好きなのに！」

恵茉はもう限界で、車のドアを乱暴に開けて外に出た。

欲しかった言葉を嘘で言われることほど最悪なことはない。

もう混乱して自分がなにを口走っているのかわからなかったけれど、恵茉はとにかく湊のそばから離れたかった。

「恵茉！　待てよ。落ち着けって！」

「やだ！　離して！」

車を降りてきた湊が恵茉を捕まえる。

かすかに吹く風が熱気に包まれていた体の表面をなぞる。

恵茉たちのすぐそばを、駐車場を出ようとする車が通り過ぎていった。

「恵茉！」

強く名前を呼ばれて、恵茉は体を強張らせた。

涙を乱暴に拭ってなんとか湊の手を振り払おうとした。

「頼むからちゃんと話をしよう。おまえ、かなり誤解している。俺も混乱してわけがわからないけど。おまえこそ……俺とのことは遊びだったんじゃないのか？」

「遊びじゃない！　好きだからよ！　だから断れなかった。たとえ浮気相手でもそれでもいいって思ったの！」

「じゃあ、なんで他の男と付き合ったりしたんだよ」

「堤くんとは付き合えないからでしょう！　浮気相手でいちゃいけない、こんな関係続けちゃいけない、やめなきゃいけない！　だったらあなた以外の人をはやく探さなきゃって。あなたをあきらめるために新しい人を探したの！」

「なんで？　なんで俺と付き合えないって」

「だって恋人がいるじゃない！」

「恋人はいない！」

湊のその叫びに、彼から逃れようと動かしかけていた腕を止めた。

——浮気じゃない。恋人はいない。

認識していた現実が百八十度変化した。

怒りが困惑に、拒絶が疑念になり恵茉は呆然と湊を見上げた。

いつも冷静でなにを考えているか読めない男が、今は必死さを露わにしている。

真剣に真摯に見つめてくる眼差しに、感情がぐらぐらと揺さぶられた。

『結婚を考えている』、そんなニュアンスのことを言っていた。出産祝いだって『一緒に選ぶのを断られた』のだと……

「S社の子と付き合っているって……」

「別れた。確かに付き合っていた。でも別れた」

「嘘」

恵茉は強く首を横に振る。

「嘘！　嘘！　嘘！」

「嘘じゃない。話をしよう、きちんと」

今度は痛くない強さで肩を掴まれた。そのままおそるおそるといった感じで恵茉の背中に腕がまわされる。

逃げたいと思うのに、拒まなければと思うのに、恵茉は体のどこも動かせない。

「好きだ。ずっと恵茉が好きだった」

嘘だと信じたくないと、これ以上傷つきたくないと心は必死で叫んで彼の言葉を拒否したいのに、抱きしめる彼の腕から離れることはできない。

どんなに終わりにしたくても、やめたくても、結局いつもこの腕の中で幸福を覚えるのだ。

「パパぁ、車見つけたよー」

すぐ近くで小さな女の子の声が聞こえて、湊が慌てて恵茉を離した。恵茉も咄嗟（とっさ）に湊の背中に隠れる。見れば、五歳ぐらいの女の子がつぶらな瞳でじっと見上げてきた。

「車はこっちよ」

と慌てて女の子を追いかけてきたらしい母親の声に、女の子もすぐさま走り去っていく。

その向こうにある自分たちがさっきまでいたショッピングモールの建物が目に入って、恵茉はここがどこか改めて思い出した。

こんな場所で修羅場（しゅらば）を繰り広げるなんて、お互いものすごくらしくないことをしている。

「恵茉……話をしよう。信じるも信じないもそれからだ。車に乗って」

泣いてぼろぼろの顔でバスに乗るわけにもいかないと、自分に言い訳して恵茉は素直に彼の車に戻った。


バッグから取り出したハンカチで涙を拭う。

女の子のおかげで少しだけ冷静さが戻ってきたものの、再度感情が高ぶってきて恵茉は泣くのを止められなかった。

その間も湊は恵茉の頭をゆっくり優しく撫で続ける。

それが余計に涙を止まらなくした。

「多分、入社した時からおまえのことは気になっていたんだと思う」

淡々とした口調で湊は話しだす。

入社当時を思い出しても、そんな素振りはまったく見えなかった。でもそれはお互いに恋人がいたせいだろう。

「でもおまえ、けっこう年上の落ち着いた男と付き合っているって話だったし……手が出せないと思い込んであきらめていた」

多分……だとか、あきらめていた、だとか、彼らしくない歯切れの悪さと自信のなさに戸惑いを感じる。

それが嘘をオブラートに包んでいるようにも、本音をさらしているようにもとれて安易に信じたりはできなかった。

「だから――あの夜おまえが誘いに応じた時驚いた。同時に、今がチャンスだと思った。おまえがこんな隙を見せるなんてきっともうない。だから付き合っている女がいたのに手を出した」

その言葉にびくっと震えると、湊もまた頭を撫でていた手を離した。

「それが間違いだった。焦ってどうしてもおまえを手に入れたくて、本命だったのにおまえを浮気相手にした。ものすごく後悔した。だから別れたんだ」

「……え？」

「恵茉と本気で付き合いたいと思ったから別れた。別れたことを言おうとした時、先におまえに言われたんだよ。他の男と付き合い始めたって」

ハンカチから顔をあげて、恵茉は大きく目を見開いた。

湊はやるせなさそうに座席に背中を預ける。

その当時を思い出しているのか、その横顔は苦痛に歪(ゆが)んでいた。

「俺との夜は所詮(しょせん)、酔ったうえでの出来事でしかなくて、おまえにとっては遊びだったんだと思った」

遊びじゃない！　そう頭の中で否定した。

同時にすとんとなにもかもがクリアになっていく。

ああ、そうか……遊びでセックスをする女、そういう認識を持っていたのはそのせいだったのだ。

血がさあっと下半身へと流れて頭が冴（さ）えてくる。

二股をかけられてショックを受けていたくせに、恋人のいる湊とセックスをした。

その事実に本当はあの頃怯（おび）えていた。

浮気されるつらさを知っていたのに、浮気相手になってしまった現実。

それでも惹かれていた男とのセックスは、恵茉から誠実さも理性も奪いのめり込みそうになった。

誘いを拒めない自分の弱さに嫌悪した。

湊に浮気させていることを後悔した。

それでもどんどんのめり込んでいきそうな自分が怖くて、すぐに新しい男を探して逃げ出した。

恵茉にとっては、正しい選択。

でも湊にとっては、恵茉のその選択が『恋人がいる男と平気でセックスする女』だという証明になった。

「あんなに傷ついていたくせに、俺とセックスをして、さらにすぐに新しい男と付き合い始めた。早川恵茉は実はそういう女だったんだって思った。付き合わなくてよかった。好きだって言わなくてよかった。そう自分に言い聞かせたよ」

ああ、だから男と付き合い始めると誘わなくなったのだと、恵茉が抱いていた疑問がどんどん明らかになっていく。

バカみたいだと思った。

自分だけがつらいと思っていたけれど、湊も傷ついていたのだと、お互いが傷つけ合っていたのだと知って。

「でもおまえが男と別れたって聞くと……俺にももう一度チャンスがあるんじゃないかって期待した。誘えばおまえは断らない。今度こそ、と思うのにやっぱりまた別の男と付き合い始める。次の男と付き合うまでの繋ぎなんだってわかってても、それでも抱けるならどんな形でもいい、一時でもいい……抱きたかった」

はじまり方を——間違えたのだ、自分たちは。

恋人がいるのに誘った湊も、恋人がいると知っていたのに応じた自分も。

「堤くんは、いつも私と正反対のかわいらしいタイプの子と付き合っていた。だから私もあきらめたの。私は堤くんのタイプじゃないから、恋人には決してなれないって」

そう最初からあきらめていた。

惹かれているとは感じていても、叶わないなら抱いても仕方がない感情。

片思いを続けるほどもう無邪気な年齢じゃない。

新たな出会いがあれば、その人を好きになれるかもしれないと期待する。

付き合ってみなければわからないから、告白されれば応じていた。

自分なりに好意を抱いて付き合っているつもりでも、そんな妥協を相手には勘づかれていたのかもしれない。

『一番』になれないのが寂しかったけれど――恵茉にとっても相手は『一番』じゃなかった。

『二番目のポジション』においたのは、相手ではなく自分自身。

「だから、誘われた時嬉しかったの。堤くんに恋人がいるって知っていたのに、同情でもいい、体だけでもいい、恋人になれなくてもいい。好きな人に抱かれたい、そう思ったの」

湊の『二番目』でもいいから、そばにいたい。抱かれたい。

そう思った時点で、ダメだったのだ。

最初からあきらめて、行動など一切起こさず、気持ちも伝えず……卑怯なことをし続けた。

「でもダメだって思った！　こんな関係続けちゃいけない。好きな人に浮気なんてさせちゃいけない。だから急いで別の人を探した。でもそんな中途半端な気持ちだから振られて、そしてやっぱりあなたに誘われると断れなかったの……ごめんなさい！」

「恵茉、違う」

「ごめん。堤くんの誘いを断るべきだった。拒むべきだった」

そうだ。

どんなに好きだと思っても、せめて体だけでもと願っても、恋人のいる男の誘いにのるべきではなかった。

でも、あの頃そんな理性は働かなかった。

抱かれてしまえば気持ちはあっという間に高まって、驚くほど急激に惹かれていった。

だから怖かった。

「でも遊びじゃない、繋ぎじゃない、好きだった。ただ、好きだったの」

「恵茉！　悪いのは誘った俺だ！　いいかげんなことをしたのは俺のほうだ。ごめん……傷つけて」

両想いだったのかもしれない。

ただ、お互いがずるくて、弱くて、卑怯だったせいですれ違い続けた。

止まったはずの涙が、ふたたびどんどんあふれてくる。

「ごめん、恵茉……だから頼む。自分を責めるな。悪いのは俺だ。だから……!!」

この恋は――ダメだ。

お互いに気持ちがあったとしても、自分たちははじまり方を間違えた。

浮気をした男と、浮気をさせた女。

その事実は永遠に消えない。

「堤くんが好きだった……でも、もうこれで」

――終わりにしよう、そう言いかけた瞬間、恵茉は乱暴に湊に唇を塞がれていた。

乱暴に押しつけられた唇から舌が伸ばされ、絡めとられる。恵茉が言葉を発せないように激しく暴れる舌に、恵茉もまた言いたくなくて彼に応える。

「好きだ」という気持ちが伝わってくるキス。

だから恵茉も気持ちを込めて舌を伸ばした。

最初は涙のしょっぱい味がして、そのうち互いの唾液の味へと戻っていく。

湊の手は恵茉の頭を撫で、頬を包み、時折涙を拭う。

恵茉も今まで決して触れないように気をつけていた背中に、腕を伸ばして縋(すが)りついた。

激しかった舌の動きが少しずつ緩やかになり、官能を呼び覚ますものへと変化していく。まるで慰(なぐさ)め合うような優しい愛撫に、恵茉の感情も落ち着きを取り戻す。

涙がおさまってきた頃、湊がわずかに唇を離した。

「恵茉、逃げるな。俺は逃がさない」

濡れた目元にキスが落ちる。

額(ひたい)と額(ひたい)をつけて、互いの目の奥を覗(のぞ)き込めそうなほど近くで、湊はもう一度言った。

「俺にとっては浮気じゃない。でも付き合っている女がいたのにおまえに手を出したのは事実だ。だからそれに苦しむのなら、俺と一緒に苦しめよ。罪悪感があるならそれでもいい。責任を感じているならそれを負え。おまえに俺への気持ちがあるとわかった以上――逃がす気はない」

「……で、もっ!!」

「浮気をした男とは付き合えない？　俺の気持ちは信じられない？　それでまた別の男と付き合う？」

「そうじゃない……そうじゃないけど、でも」

わからない――そう思った。

恋人がいると知っていて抱かれた罪悪感が今頃になってどっと押し寄せる。

後悔が広がると同時に、どこかで湊の気持ちを信じられない自分がいる。

「俺もおまえも混乱している。そんな感情のまま勢いで結論を出すべきじゃない。お互い気持ちを整理しよう。恵茉、俺にもおまえにもきちんと向き合う時間が必要だ」

厳しかった湊の眼差しが緩む。

恵茉も彼の正論になんの言葉も思い浮かばなくて、ただ湊を見つめて涙を流す。

彼の言う通りだった。

今はいろんなことを知った衝撃でとにかく混乱している。湊の本音や彼が傷ついていたことなどを知って、罪悪感と後悔に苛(さいな)まれている。

(そうね、向き合わなきゃ……自分にも彼にも)

どんなに苦しくても、逃げ出したくても、せめてこれ以上彼を傷つけないように。

恵茉は肩から力を抜いて息を吐き出す。そしてすっかり湿って役に立たなくなったハンカチをもう一度目元に押しつけた。

「とりあえず車を出す。恵茉は寝てもいいから、気持ちを落ち着かせて。体も無理させたし、あまり食べてないし寝てもいないだろう?」

湊はシートベルトをひっぱると恵茉につけてくれた。

車は緩やかに走り出し、ショッピングモールの駐車場を抜けていく。しばらくは景色を眺めることもなくただぼんやりと窓の外を見ていたけれど、規則的な振動に揺られているうちに恵茉はいつしか目を閉じた。

＊　＊　＊

車が停まって湊に揺り起こされた時、恵茉は自分のマンションの前にいた。そのまま帰ろうとした恵茉を引き留めたのは湊だ。

俺の家に来るか、俺がおまえの家に行くかどっちがいいか、という二者択一を迫られて。

部屋は週末に一気に片づけるタイプなので、さすがに湊を家にあげたくはなかった。結局、湊の家に泊まる準備をさせられて、恵茉はふたたび最後のつもりだった彼の部屋に舞い戻っていた。

泣きはらした顔は化粧も崩れて、目元も腫れてひどい状態だったので、彼の家に着くなりバスルームを使わせてもらった。

そして今朝と同じように、テーブルに夕食が並んでいた。

テーブルの真ん中に置かれた土鍋の中身は雑炊(ぞうすい)で、温かな湯気が立ち上(のぼ)っている。

レタスときゅうりとミニトマトのサラダまであって、いつのまに作ってくれたのだろうとありがたいやら申し訳ないやらで少し複雑な気分だ。

「簡単で適当だけど……少しは食べられそうか？」

「うん……お腹空いた気がする。堤くん、料理するのね」

ものすごく意外だった。

キッチンなんか立ったこともない、包丁も握ったことがなさそうな雰囲気なのに。

「期待させて悪いけど、雑炊はインスタントの素使ったやつだし、こっちは元々サラダ用に切ってある野菜の袋を開けただけ。こういうのは料理とは言わない」

確かに今はレトルトも冷凍食品もよくできている。でも多少の手間はやはりかかるだろう。

「でもありがとう。朝も夜も用意してくれて」

「いい。これぐらい」

横を向いてぶっきらぼうに言う姿に、照れてでもいるのだろうかと思った。

同時に、好意を抱いていても湊のことをよく見ていなかったし、知ろうとしなかったのだと気づいた。

テーブルについて食事をとる。

車の中で寝させてもらって、お風呂で体も温まったからか、思ったよりも食べることができた。

インスタントといえど雑炊は味わい深かったし、サラダの野菜もシャキシャキしていた。

片づけぐらいはさせてほしいと恵茉は申し出て、その間に湊はお風呂に入った。

食器を洗いながら、キッチンには必要最低限のものしか置いていないのがわかった。今朝も感じたけれど、この部屋には本当に女性の気配が微塵もない。

あるとすればシャンプー類のブランドとインテリアの趣味だけれど、それは湊の兄が選んだものだと教えてくれた。

お腹が満たされたためか、恵茉はキッチンを片づけながら、ショッピングモールの駐車場で繰り広げた会話をひとつずつ思い出していた。

ずるい始まり方をしたせいで、お互いが抱いていた誤解。

――本気で付き合いたいと思ったから別れた。

――別れたことを言おうとした時、他の男と付き合い始めたと言われた。

――結局遊びだったんだと思った。

湊の立場に立ってみれば、彼の誤解も当然に思える。

湊が別れて告白しようとした時、恵茉は浮気相手になった自分に怯えて、慌てて他の男と付き合い始めた。

タイミングがずれた。

最初から素直になって気持ちを告げていれば、こんな不毛な関係もすれ違いもなかった。

けれどそれは結果論でしかなくて、あの頃の自分が素直に告白できたとは到底思えない。

――浮気じゃなくて本命なんだ。


「恵茉」

背後から声をかけられて恵茉はびくっとした。

「片づけ、まだかかりそうか？」

「ううん、終わった。ちょっとぼんやりしていただけ」

「ありがとう。ソファに座ろう。今夜はアルコールなしだけど」

「……ええ」

その代わりに、ウーロン茶をグラスに注いでローテーブルに運んだ。

一人分のスペースをあけて二人で並んでソファに座った。

パジャマ代わりなのか、七分袖のカットソーとハーフパンツ姿の湊は、あまりにラフすぎて目のやり場に困る。

まるで知らない男を見ている気分になる。

北欧風のナチュラルな雰囲気は、なんとなく似合わないなと思った。

恵茉は、自分好みじゃない部屋は居心地が悪い気がするけれど、彼は気にならないのだろう。それならば兄の選んだものとはいえ彼の好みでもあるのかもしれない。

（見た目の印象と違う部分がたくさんあるのかな）

「それで……俺としてはいろいろ言い訳したいけど、まずはおまえの疑問に答えようと思うんだが」

まだ少し湿っている頭をがしがしかきながら、湊は「あーくそ」とぼやいている。彼もどう話せばいいか、いまだにわからずにいるのだろう。

恵茉もそうだ。聞きたいことがたくさんある気もするし、ない気もする。なにをどう聞いたらいいのかわからない。

セックスはした。体は一番奥で繋がった。

でも、自分たちには圧倒的にコミュニケーションが足りないのだろうし、知らないことばかりだ。

(好きだったけど、知りたくなかったものね)

知れば知るほど欲張りになる気がした。好きになってしまう気がした。

だから目も耳も塞いで、心ではなく体だけを求めた。

「S社の子と別れたのっていつ?」

冷静になんてなれなくて、恵茉は思いついたまま口にすることにした。

「おまえが男と別れたって聞いた後」

その答えにじわじわと心に広がるものがあった。心臓が急激に存在を主張し始める。

期待と不安とが混ざり合い、恵茉は自分の声が震えるのがわかった。

「そ、れって」

「おまえを誘う前だ。さすがに今回は間違えたくなかった。結構覚悟していたから」

――浮気じゃなかった。

湊に恋人はいなかった。

その事実に恵茉は安堵する。

そして安堵した自分をやっぱり卑怯だと思った。ずるいと醜いと嫌だと思った。

「今回の男、結構長く続いていただろう? どっかのエリートだって噂も広まっていたし、翔からも結婚するかもなんて聞いていた。だからあきらめるつもりで、その子と付き合うことにしたんだ」

そう。高城とは穏やかに付き合いが続いていた。

頻繁(ひんぱん)に会っていたわけじゃないから余計に、時間だけは過ぎていったのだ。

結婚の話なんか出たこともなかったけれど、恵茉はこのまま続けばいいと願っていた。

このまま湊を忘れていければいいと――

「おまえが男と別れたって聞いて……それでもすぐにその子と別れようとしたわけじゃない。おまえがまた俺の誘いにのるかなんてわからなかったし、これ以上想い続けるのも限界だった。その子と向き合っていこうと思っていたよ」

彼女の背中を見送っていた湊の姿を思い出す。

彼の言うことが真実ならば、あの日にはすでにもう二人は別れていたことになる。一緒にランチに出かけたなんて、ただの噂でしかなかったのだろうか。

それでも『向き合っていこうと思っていた』、その言葉にずしりとした重みを感じた。

「本当はその子をキープしたまま、おまえを誘おうかとも思った。おまえが誘いにのればセックスできるし、ダメならその子に戻ればいい。その時こそ向き合えばいい。ずるいことばかり考えていた」

自身を蔑(さげす)むように湊は吐き出した。

真っ黒なテレビの画面には、その時の自分を思い出すかのように目を閉じて眉をひそめた彼の顔が映っていた。

傷つきたくなくて保身に走る。

まっすぐに相手に向き合えなくなる。

卑怯な付き合い方も平気になる。

恵茉も同じだと思った。大人の恋は――綺麗じゃない。

「だけど、それじゃあまた同じことの繰り返しになる気がした。だからその子と別れて覚悟を決めて、最後のつもりでおまえを誘ったんだ」

最後――その誘いに恵茉はやっぱりのってしまった。

男と別れたばかりで、恋人のいる男からの誘いに応じた女を湊はどう思ったのだろうか。

気楽に男と寝る女だという認識を新たにしただけではなかったのか。

「おまえが俺に恋人がいるって誤解しているのには気づいていたけど、あえてそのままにした。俺とのことがただの繋ぎで遊びなら、そのほうが気楽かと思ったんだ」

後腐れなく遊べるように、あえて誤解を解かなかった。

それは彼なりの気遣いでもあったのか。

じわりと涙が浮かびそうになる。傷つくなんてバカげている。

むしろそんな最低な女をどうして好きでいられたのか、そのほうが不思議だ。

今だってこんなやりとり、浮気相手を繋ぎとめるための甘言(かんげん)だと考えるほうがしっくりくる。

「私のこと、そんな風に思っていたのに好きだったの？　堤くんから見た私ってものすごく最低最悪の女じゃない。そんな女やめたほうがいいって、私でさえ思う」

（誘いになんかのらなきゃよかった!!）

彼が最後だと覚悟をしていたのなら、恵茉が誘いにのらなければ、きっと恋人との付き合いは続いていたはずだ。

かわいらしくて一途に彼を慕う女の子に愛されたほうが、彼にとっては幸せだったろうに。

恵茉はソファの上で膝を抱えた。うつむいてきつく目を閉じて泣くのを我慢する。

「今からでも遅くない――私じゃなくて」

「恵茉！」

悲痛な声で名前を呼ばれる。恵茉はびくりと震えた。

逃げるなと、責任を負えと彼は言った。

だからこの罪悪感や苦しみから逃げてはいけないのだろう。

けれど最初から間違えてしまった自分には、もうなにもかもが間違っているような気がするのだ。

湊への気持ちも、彼のそばにいたいと願ったことも、今ここにいることでさえ。

「最低最悪の女だと思い込んでいても、それでも好きだった。でも実際は違ったんだろう？　俺が勝手に誤解していただけで……むしろおまえをそんな風にしたのは俺のほうが先だ」

「違わない。堤くんの思っていた通り。繋ぎで遊び。そう思っていてよ。だからもう二度と誘わないで。恋人を大事にして。浮気なんかしないで」

「だったらどうして泣く？　付き合っている女がいながらおまえを誘ったのは俺だ。悪いのも最低なのも俺のほうだ。俺を責めればいい」

「泣いてない。悪いのは堤くんだけじゃない」

泣いてない、言った途端我慢できずに涙がこぼれる。抱えた膝に腕をのせてその上に額を押しつけた。

恵茉の肩にそっと手がのった。ためらいがちに何度か触れて離れてを繰り返して、ぎゅっと抱き寄せられた。

「だったらお互い様だ。恵茉。俺たちは間違えた。そして後悔している。だったら次は許し合おう」

許し合えるのだろうか。

互いが犯した過ちを許していいのだろうか。

誰かを傷つけておきながら、そんな都合のいいことは許されるのか。

「正しい始まりでも恋愛でもないかもしれない。だから今度は間違えないようにしたい。逃げないようにしたい。恵茉――俺と向き合ってくれないか?」

間違えずに、逃げずに、湊に向き合う。

どうしたらそれができるのか、なにをもってそうだと示すのか、今の恵茉にはなにも考えられない。でも肩を抱く手に力が込められるたびに、胸が切なく締めつけられて、そこから生まれる感情に気づく。

(向き合いたい……あなたと)

『二番目』でもいいなんてうしろ向きな感情からではなく、彼の『一番』になるために、彼を『一番』にするために、大切な人をこれ以上傷つけないために。

過ちも悔いも受け入れて、自分自身と湊に向き合いたい。

「私で……いいの？」

「恵茉がいい。いや、むしろおまえじゃなきゃダメだ」

恵茉は湊の首のうしろに自ら腕を伸ばして抱きついた。湊の腕も支えるようにぎゅっと背中にまわされる。

「好きだ。好きだよ」

勢いのまま繰り出される彼の言葉に、恵茉も激しく揺さぶられる。

「好き。私も堤くんが好き……」

今はただ、ずっと隠して誤魔化し続けてきた想いを紡ぎだしたい。

自分の気持からも彼の想いからも逃げずに向き合って、弱い自分とさよならしたい。

自然に顔が近づいて唇が重なった。

想いを確かめ合うように、ゆっくりと舌を絡める。抱き寄せる腕も絡む舌も、触れ合う場所すべてで気持ちが伝わるように受け取れるように。

誰かの『一番』になりたかった。

でも、誰かじゃなくて本当は一番好きな人の『一番』になりたかった。

湊の『一番』になれたことを大事にしていきたい、そんな気持ちを込めて恵茉はキスを繰り返した。

第二章　SIDE　湊

二人が両想いになる半年ほど前——

ウォールナットの木目のカウンターテーブルに、ショットグラスとチェイサーが置かれる。

『今夜は俺の奢りだ、飲め』と同期の大谷翔に誘われて、湊は行きつけのバーに来ていた。その言葉に甘えて、オーナーにはこっそり高めのウィスキーを開けてもらった。カウンターに置かれたウィスキーの瓶はなかなかいい酒のようで、オーナーにお礼代わりに目配せする。

「結婚はいいぞ、結婚は」

本当に高い酒を奢らされていることに気づきもせず、翔は能天気に惚気を吐き出す。この男は近頃、同期の三上亜貴と結婚したばかりだ。

このバーで彼女が一人娘だから結婚に反対されているだの、幼馴染の男が近づいてきて心配だの散々愚痴を聞かされてきた。

それはそれで面倒だったけれど、結局はこの男の策略か、おめでた婚という形で落ち着いた。

愛しの妻が実家に帰って留守にする夜に、こうして時折湊は飲みに付き合わされる。

この男は大きな体格に似合わず寂しがりなところがある。それにきっとこうして惚気に付き合ってくれる相手もいないのだろう。

湊は愚痴と惚気ならどっちを聞くほうがましだろうかと無駄なことに思いを馳せた。

高い酒の誘惑がなければ本当は、湊だって遠慮したいぐらいだ。

グラスを小さく揺らすと、甘い紅茶にも似た香りがくすぶる。舌にのせると最初にアルコールの痺れが走った後、すぐに芳醇な深みのある味わいが広がった。

「そういえばおまえ、新入社員のかわいい子に告白されたんだって？」

どこからそんな情報を聞きつけてくるのか、翔はにやにや笑いながら言ってくる。せっかくのウイスキーの余韻が台無しだ。

「付き合わないのか？」

「付き合わない」

「でも結構独り身、長くないか？」

湊はつい翔を睨んだ。

自分の結婚準備やら新婚生活やらで集中しているように見えたのに、相変わらず余計なことに対して目敏い。

「一時期とっかえひっかえ遊んでいたくせに、急にやめたよな。俺とうとう本命の女でもできたのかと思っていたんだけど」

「……おまえには関係ないだろう」

「ある。大いにある。探られるんだよ。堤さんってどうして社内の女の子を相手にしないんですかぁとか、好みのタイプってやっぱりかわいい系なんですかぁとか」

女子社員の口調を真似て言う翔が気持ち悪い。

「相手にするな。俺に探りを入れるな。それからその話し方やめろ」

翔は「ちぇ」と呟いて肩をすくめる。

自分が落ち着いた途端、他人のことが気になるようにでもなったのだろうか。よく言えば面倒見がいい男だが、悪く言えばただのお節介だ。

確かに女が途切れたことのなかった自分にしては、今回珍しく長く独りでいる。

つまりその時間の分だけ、彼女と男との付き合いが続いているということだ。

湊は無意識にその月日を数えかけて、すぐにやめた。

(本命の女――ね)

本命の女、と言えるのだろうか。

湊には今ひとつ自分の気持ちに確信がもてない。

新入社員の同期として顔を合わせた時から、早川恵茉は新人とは思えない落ち着きがあった。よく見れば整った顔立ちをしているのに、派手さや華やかさを抑えているからか地味な印象を与える。

高くない声も落ち着いた口調も周囲から一歩引いたような態度も、良い意味で少し浮いていて、同年代の男には手を出しづらい頑なさのようなものがあった。

湊にとっても恵茉は、興味は抱いても気軽には誘いづらい相手だったのだ。

恋愛対象として見るよりは、ただの同期として関わるほうが気楽に思えた。

女としてではなく人として気に入っているのだと思っていた。

それが変化したのは、翔が幹事をした同期会の夜。

たまたま席が隣になって、久しぶりに話をした。

彼女は入社と同時期ぐらいから少し年上の男と付き合っているという噂だった。けれどその男に振られたばかりか、もうすぐ結婚すると知ったらしい。

『二股かけられていたのよ。気づかなかった、バカみたい』

プライベートなことはあまり話さない彼女が、初めて漏らした素の部分。

落ち込んで弱り切っていた彼女は、酔いも手伝って『おまえは俺がいなくても平気みたいだ』とか『甘えてくれないと好かれている気がしない』とか言われて振られることが多いのだと愚痴った。

どこか高嶺の花で、仕事もプライベートも順調そうに見えた彼女の弱音。

いつもなら女の愚痴なんて適当に聞き流すのに、彼女の質問に丁寧に答えたのは、そんな彼女をかわいらしいと思ったせいだ。

それまで湊にとって好ましかったのは、わかりやすいかわいらしさだった。

やや童顔な顔だちに、ふわふわの髪。女の子らしい甘めのスタイルに、媚びたような口調と眼差し。

恵茉はそういうタイプとは正反対だ。

愚痴をこぼしながらそんな自分を恥じる。アルコールは弱くないはずなのに頬を赤らめて目を潤ませる。それが男を誘っているように見えるなんて意識せずに。

隙だらけの彼女はとてもかわいらしくて、そんな彼女をもっと知りたくなった。

急激に膨れ上がった欲に逆らうことなく、湊は弱っている彼女に手を出した。

唇を塞いで抵抗されなかった時、肌に触れることを許された時、ただ激しい興奮を覚えた。

会社の同期である女と一線を越えるリスクに対する興奮、やれるならやらせてもらおうみたいな打算、女としての彼女を見てみたいという好奇心。

そんなものもあったと思う。

けれどそれ以上に、今を逃せばきっとこんな機会は絶対にないという焦燥と、手に入れたい欲望が湊を突き動かした。

自分には恋人がいたにもかかわらず――

あの夜から二人の関係はがらりと変わってしまった。

湊は恋人がいるのに恵茉を抱いた。恵茉は恋人がいると気づいていながら抱かれた。

それまで自分たちはただの同期で、人としてはお互いに尊重できていたはずなのに。

恵茉にとって湊は、恋人がいるのに浮気をした男だし、湊にとって恵茉は、恋人でもない男と寝る女になった。

「でもさ、本命いないなら……紹介したい子いるんだけど。見た目もかわいいけど、性格も良さそうな子。どうもおまえに片思いしているらしくてさ」

翔が誘ってきたのはそういう魂胆もあったのか、と湊はため息をついた。

だがこの男があえてこういう話を直接湊に言ってくるのは珍しい。いつもならおもしろがって話題にするだけで終わる。

「一度会うだけでもどう？　おまえだってそろそろ考えるだろう？　俺たちの年代は今からピークだしな。あ、そうそう、もしかしたら同期の中で次に結婚するの早川かもよ」

グラスを上げかけた手が止まった。揺れた中身がカウンターの上に小さくこぼれる。

「おまえ、なにもったいないことしてんだよ」

「悪い、手がすべった」

ガツンと頭を殴られた気がした。

カウンターの中にいたスタッフがすかさずおしぼりを出してくれる。湊は動揺を誤魔化すようにおしぼりで手を拭いた。

早川恵茉が結婚する？

「おまえどこからそんな情報」

上ずりそうになる声を抑えて湊はさりげなく探りを入れた。

彼女に新しく恋人ができて、それが予想外に長く続いているのは湊が一番よく知っている。もう随分長いこと彼女に触れていないからだ。

だから、どこかで覚悟はしていた。

「んー。あー亜貴がね、今度の男とはけっこう付き合いも長いしいい感じだから、早川もそろそろかもって嬉しそうに話していたからさ」

湊の様子など気にも留めず、翔はすんなり吐き出した。

情報源が翔の妻であり、恵茉と仲のいい同期である彼女の話なら信憑性は高い。恵茉の友人がそう思うぐらいに、二人の関係が順調なのだと知って、感情が嵐のように荒れ狂う。

胸の奥がきりきり痛みを増して、ぎゅっと首を絞められたかのように息がしづらい。

「それは……めでたいな」

心にもないことを湊はなんとか吐き出した。

（最初からわかっていたはずだ……別れた寂しさで俺に身を委ねただけ。俺は次の男ができるまでの繋ぎでしかなかった）

『付き合うことになりそう』

そう彼女が言うたびに自分たちの関係は中断した。

恵茉は付き合う男ができると湊とは関係をもたない。別れると誘いに応じてくれる。

別れたことが寂しいのか、後腐れのないセックスをしたいだけなのか、一度越えてしまった線だから気楽に越えられるのか、いずれにせよ恵茉の感情は一切読めなかった。

セックスはする。しかし恋人関係にはなれない。

恋人という関係でなくても、彼女に触れることができるのであればそれで構わないと思っていた。

彼女とのセックスは気持ちがよかった。会社とは違う彼女の姿を見たかった。

快感に歪む表情を、抑えきれない嬌声を、艶めかしい肢体を、その瞬間だけは自分だけのものだと実感できた。

不意に翔の左手の薬指にあるシンプルなリングが目に入った。光を反射して煌めくそれと同じようなものが、彼女の指にも輝くのだろうか。

　恵茉が結婚するかもしれない。

　他の男のものになり、もう二度と彼女に触れることは叶わなくなる。

　それはお気に入りの玩具(おもちゃ)をいきなり赤の他人に取り上げられるようなもの。

　完全に他人のものになると知ると、惜しく思うようなもの。

　荒れ狂う衝撃への理由を、湊は自分にそう言い聞かせる。

　うまいはずの酒をまずく思いながら湊はグラスを呷(あお)った。

「翔……おまえの紹介する女、会ってもいい」

　強烈なアルコールが喉を焼いた。チェイサーでやわらげると洋ナシのような余韻(よいん)が舌に残る。

　これ以上想っても無駄ならば、いいかげん、自分の感情にケリをつけるべきだ。

　恋人でもない男と平気で寝る女。恋人のいる男の誘いにのる女。

(だから、そんな女を好きになるなんてバカげている)

「え？　まじ。お、じゃあおまえの気が変わらないうちに早速調整してやるよ」

　相変わらず行動力だけはある男だ。一瞬、安易に返事をしたことを後悔したけれど、すぐにどうでもよくなった。

　オーナーにおかわりを頼んで、湊はその夜、翔の奢(おご)りである酒を無理やり流し込んだ。

＊＊＊

初めて恵茉とそういう関係になった後、湊は時間を置かずに彼女を誘った。

恵茉とのセックスは思った以上によくて、抱けば抱くほど欲しいと思った。最初はセックスの相性がいいだけで、性欲と好奇心が満たされるからだと思っていた。

けれど、それ以上の感情が芽生えつつある自分に気づけば、付き合っている相手への興味を失う。あの頃はまだ、誘われて後腐れがなさそうであれば付き合いに応じていた。別れ話をした時も、湊の熱がないことを感じていたようであっさり身を引いてくれた。

別れてすぐ、恵茉にその事実を告げようと思った。それをためらったのは、彼女の気持ちが読めなかったせいだ。

誘えば彼女は断らない。けれどセックスを終えればすぐに一人で帰ってしまう。

好意があるのかないのか、別れた寂しさを埋めてくれれば誰でもいいのか。

会社の同期であるがゆえに、気持ちを告げることでふたたび関係が変化することへの怯(おび)えもあった。そうして迷っているうちに『他の男と付き合うことになった』と言われたのだ。

見た目は真面目そうなのに……好意を持っていた分、裏切られた気がした。

そもそも恵茉は湊に恋人がいると知っていながら抱かれたのだから、いいかげんな女だと証明されていたようなものだ。

蔑んで、もう二度とプライベートで関わらなければいいと、あんな女は好きでもなんでもないと言い聞かせた。

けれど結局、彼女が男と別れたと聞きつけると湊は恵茉を誘ってしまう。

そして彼女も誘いにはのるくせに、また別の男を探すのだ。

「みーなと」

「ん？」

湊の腕に自分から腕を絡めてきた彼女は、ものすごく嬉しそうに笑いかけてきた。

湊もその笑顔につられて笑みを浮かべる。

バーで翔から、恵茉が結婚するかもしれないと聞いてしばらくして、湊はS社の女子社員と付き合い始めた。取引先に訪問するたびに受付で対応してくれた彼女は、毎回わかりやすいアプローチを湊に仕掛けてきていた。

かわいらしくて、女の子らしい、明るく無邪気な子だ。

湊が昔よく付き合っていたタイプの女の子ということもあって一緒にいるのが苦痛じゃない。

恵茉があまり感情露わなタイプじゃなく、気持ちが推し量りづらいのもあって、素直でわかりやすい彼女は相手にしやすかった。

受付嬢として人気があった彼女との付き合いはすぐに噂になって広まった。

噂を聞きつけた翔には『なんで俺が紹介した子じゃダメだったんだよ！』と文句を言われた。

翔が紹介してくれた女の子は、かわいいというより綺麗なタイプで、そしてしっとりと穏やかな雰囲気だった。

話してみれば会話の端々に性格のよさが滲み出て、翔が紹介するのも納得できた。

ただ彼女は、どことなく恵茉に似たところがあったのだ。

それは食事の仕方だったり、相槌を打つタイミングだったり、垣間見える隙だったり、おそらく自分にしかわからない部分だ。

きっと翔だって彼女が恵茉に似ているとは思わないだろう。

けれど湊にはどうしても彼女に恵茉が重なって見えて、どれほどいい子そうでも付き合う気にはなれなかったのだ。

「湊！　あのお店かわいい。寄ってもいい？」

「ああ、いいよ」

その点、この子は楽だった。

甘え上手だし、なにをすれば喜ぶか手に取るようにわかる。湊は彼女が望みそうなことを先回りしてやればいい。理想とする恋人を演じればいい。

そうして付き合っていくうちに、いつか感情も変化する。

本気で彼女を好きになって、大事にして、翔のように結婚を考える日もくるかもしれない。

もう二度と手に入らないものを、指をくわえて見ているだけなんて惨めだし、この想いだって気の迷いでしかないはずだ。

そしてこれで恵茉との不毛な関係も終わる。

二度とはじまりはしない。

そう、願っていた。


恵茉が男と別れたらしい。

その噂を耳にした時、湊はほっとするよりもむしろ『どうして!?』と憤りを覚えた。

今回の付き合いは彼女にしては長く続いていた。この年齢になれば交際は結婚を意識したものになる。相手の男は年上だったし、経済的にも余裕はあったはずだ。

それに、湊がS社の子と付き合い始めて、その噂を耳にしても恵茉の態度は特に変化が見られなかった。本当になんとも思われていなかったのだと、それで湊は実感したぐらいだ。

だから今度こそ恵茉は幸せになって、それで湊も自分の気持ちに区切りがつくのだと思っていた。

(別れた。……誘えばまた抱けるのか？　いや、どうせまた新しい男ができる。それは俺じゃない)

男と別れても、恵茉の様子はいつもと同じに見えた。

部署もフロアも違うから、意識して姿を探さなければ見かけることはできない。

時折目にする姿には、目を腫らしているとか顔色が悪いとか、髪を切ったとかいうわかりやすいサインはなかった。

「湊？」

「悪い」

彼女の家の寝室で、湊は体を起こすとベッドに腰かけた。

「大丈夫だよ。私はこうして湊と一緒にいられるだけで充分だもの」

彼女はそう言うと湊の背中に頬を寄せる。湊はなにも答えられずに無言を貫いた。

彼女はそれを落ち込んでいると思ったのか、小さな手でよしよしと湊の髪を撫でる。

ショックなのは今のこの状況じゃない。

好きな女以外抱けないなんてそんなバカげたことが、自分の身に起こるとは思ってもいなかったせいだ。

「……ごめん」

湊が謝ると、彼女は力強く顔を横に振る。

ふんわりした髪がふわふわと揺れた後うつむいた。

自分以上に落ち込んでいる様子の彼女がかわいいなと思えた。

『本気になれるかどうかはわからない』、付き合い始める前に彼女にはそう伝えていた。

それでも構わないと頑なに言うから付き合い始めた。

けれど、やはりそんな中途半端な付き合いをするべきではなかったと思う。

彼女はとてもいい子だった。かわいいと思うし、好きか嫌いかで問われれば好きだと言える。

だからいつか彼女への気持ちに応えたいと、うまく続けば結婚を考えてもいいとさえ思っていた。

それなのに、欲しかった女が手に入るかもしれないと知った瞬間、気持ちが揺れた。

もう二度と手に入らないと覚悟していた分、最後とも言えるわずかな可能性に希望を見出したがっている。

縋りつきたくなっている。

「もしかして好きな人でもできた？　違うか……湊には最初から好きな人がいたんだものね。もしかしてその人とうまくいきそうだったりする？」

彼女の高めでやわらかい声が静かに部屋の中に響いた。

どこか探るようにも自嘲を含んでいるようにも思えて湊は言葉に詰まる。

好きな女がいると断言したことはない。けれどいつのまにか男の本音を見抜くのが女なのだろう。

「いや、多分疲れているせいだと思う。最近、忙しいから」

「……そっか」

本人が気づいているのかいないのか、泣き笑いの表情で言われて、湊は胸が苦しくなった。

湊の嘘に気づいていても、追及しない優しさに甘えている。

(「好きな女」じゃないんだ。「好きになっても無駄な女」だ)

だから彼女にはっきり言えない。

燻る想いを抱えたままの関係がどれほど彼女を傷つけているかわかっていても。

「じゃあ、今夜はぎゅうってして寝よう？」

「ああ、そうだな」

湊は彼女を抱きしめて隣に横たわった。腕の中におさまる小柄な体は柔らかくて温かくて心地いい。

彼女の想いが切ないほど伝わってきて湊は混乱する。

これ以上、恵茉と関わるべきじゃない。このまま終わらせたほうがいい。

湊が行動を起こさなければ、恵茉から誘ってくることはないのだから、ただの同期のままでいられる。そうしてこの腕の中の存在を大事にしていけば自分たちは幸せになれる。

多分――

＊　＊　＊

恋愛感情というものの厄介さを、この年齢になって思い知る。

最低な女だと、好きになっても無駄だとわかっている。

相手の好意が自分にはないことも、どうせうまくいかないだろうことも。

男と別れた恵茉を誘うたび、断られずに済むかどうかはいつも予想がつかなかった。

今回も恋人と別れないまま試しに誘って、それから恵茉との関係をどうするかもう一度考え直せばいいと卑怯なことも考えた。

けれど、今でも散々傷つけているのに、浮気をしてさらに傷つけるわけにはいかない。

「別れてほしい」と告げた時、彼女は「好きな人とうまくいったの?」と泣きそうな声で聞いてきた。

誤魔化すこともできたのに、なぜかそうする気になれなくて「うまくいかないことはわかっているけど、それでも足掻きたい」とバカ正直に最悪なことを言った。

泣きながら詰られた。

誠実なのか不誠実なのかわからない。

私に黙って告白してもよかったのに。

ダメだったら戻ってきてよ！

「ダメだったとしても戻らない」そう言うと大号泣された。

「ダメだったらおまえのところに戻る」なんて都合のいい台詞は、彼女をさらに傷つけることになると思ったからだ。

期待させたくなかったし、戻ったとしてもうまくいかない気がした。

彼女のほうを好きになれていれば、こんな選択自体しなかったはずだからだ。

そうして恋人に別れを告げてから、恵茉を誘うつもりで彼女の部署へ向かった。

本当はぎりぎりまで迷った。

恵茉は確かに湊が誘えば断らない。

一度でも「どうして誘うの？」と聞いてくれれば「好きだから」と素直に言える気もするのに、彼女は一切聞いてこない。

それは暗に湊の気持ちなどどうでもいいと言っているように思えた。

だったら断ればいい。そうすれば自分ももう二度と誘わずに済む。

誘いにのってほしいという気持ちと同じぐらい、誘いにのらないでほしいと願った。

傷つけた元恋人のためにも、うまくいこうといくまいと、今度こそ恵茉に関わるのは最後にしようと思っていた。

けれど、休憩用のカフェスペースで、スマホを片手にしてため息をつくその横顔を見た時、声をかけずにはいられなかった。

悲しげな傷ついたその表情を、瞬時に消す様子を見ていたら胸が騒いだ。

隠す必要なんかない。

悲しいのなら泣けばいい。

寂しいのなら甘えればいい。

本当の彼女を見せてほしい。

たったその一瞬で急激に膨れ上がってきた自分の感情に、湊は白旗を揚げざるを得なかった。

どんなに理性で止めようとしても、いくら彼女への気持ちを否定しようと、いろんな言葉を並べて蔑(さげす)んでも――彼女の隙を見つけてしまうと、何度だって心を揺さぶられて気持ちが戻る。

湊の誘いに対して、迷いに揺らぐ眼差しがあった。

その奥に、隠れた感情があるのではないかと期待しながら、湊はふたたび不毛な関係に足を踏み入れた。


男と別れた途端、自分の誘いにのる女。

恋人ではない男とセックスができる女。

次の男ができるまでの繋ぎとしか見ていない女。

早川恵茉は、多分最低な女だ。

だから、好きになるなんてバカげている。

好きだという気持ちがあふれるのと同じぐらい強く、湊は自分の感情を否定し続ける。

「おまえの感触、久しぶり」

湊は久しぶりの彼女の肌の感触や体のラインを確かめるように触れた。掌に吸いつくような滑らかな肌。ほどよい弾力のあるやわらかさ。

ああ、恵茉だと、今この手に触れているのが彼女だと実感する。

けれど反応が違う。今まで抱いた時には感じていなかった場所で恵茉は体を震わせる。

以前に抱いた時より敏感になっている。

他の男の癖に気づかされるなんて、開発された体を弄ぶなんて、どこか滑稽に思えてならない。

「おまえ……今回はなんか、ちょっと開発された？」

「なに、言って」

燻る衝動を抑え込んで、湊はあえて軽い口調で言い放った。

「反応が違う。他の男に抱かれると、やっぱり女は変わるんだな……」

嫌なら触らないでよと小さく反論しながらも、恵茉の体は小さく跳ねる。

知らない反応をされるたびに、怒りにも似た嫉妬がこみあげる。

同時に久しぶりに彼女に触れる興奮と、翔の予言があたらなかったことに対する安堵と、自分の中でふたたび確かになりつつある感情に湊は行動を抑えられない。

もっと丁寧に抱きたいのに味わいたいのに、余裕をなくしていく。少し乱暴に触れているにもかかわらず耳には妖しげな水音が響き、ぷっくりと膨らんだ芽は開花を待つように勃起する。

何度か抱かれてきたのに、時間が空いたことが羞恥を誘うのか、恵茉は声を抑えようと口を手で覆う。湊はそれを掴んでシーツに押しつけた。

「声、聞きたい」

誰を抱いても聞くことができないその喘ぎ声を。

普段は決して聞くことができないその言葉を。

腕の中で反応して喜ぶ体を味わいながら、恵茉のその声を湊は刻みつけるように激しく彼女を抱いた。

その声がかすれて快感に涙が滲むまで。


行為を終えるとすぐにバスルームに向かう恵茉の背中を見送った。

抱いたばかりなのに物足りない、こんな気分は高校生以来だなと湊は自嘲する。

「飢えているよな……完全に」

久しぶりだからこそじっくり彼女を高めて、そして自分も味わって、セックスという行為を楽しめばよかったのに。

湊は抑制が利かないまま欲望に忠実に恵茉の体を翻弄した。

バスルームからは変化のない水音が途切れることなく続いている。

恵茉はいつもと同じように自分の衣服を拾い上げてバスルームに消えた。だからおそらくそこから出てくる時、きちんと身だしなみを整えてまるで何事もなかったかのように振る舞うだろう。

そして部屋を去って行く。

激しく抱いて動けなくしてやろうと思うのに、恵茉は無理をしてでも泊まることなく帰っていく。どんなに遅くなっても起きて一人で部屋を出ていく。

無防備な寝顔を見たこともなければ、二人で朝の光を浴びたこともない。

恵茉はその行動で、湊との関係がただのセックスフレンドでしかないことを知らしめていた。

今バスルームに飛び込んでもう一度抱けば帰らせずに済むかもしれないと思うのに、男と別れたばかりの彼女につけ込んでいる事実が躊躇（ちゅうちょ）させる。

抱き足りない。

多分、何度抱いても湊はそう思うだろう。

そしてそのことをもう認めざるを得ない。

翔に結婚するかもしれないと聞いた時から生まれた焦燥（しょうそう）は大きくなって、湊の中の恵茉に対する恋愛感情を肥大（ひだい）させた。

自分を誤魔化して言い聞かせてもおさまらないぐらいに。

「ああ見えて恋人でもない男とやれる女だぞ。最悪だろう。それをわかっていて惚れるなんてバカすぎる」

口にして言い聞かせても、感情は追いつかない。

湊はシャワーの音を聞きながら片膝を抱えると、そこに額をのせて目を閉じた。

バカだと思う。

恋人と別れてまで、恵茉との不毛な関係にふたたび足を踏み入れた。

素直に抱かれて反応するくせに、やっぱり彼女の気持ちは読めない。

本音がどこにあるのか、なにを想って抱かれているのか、拒まないのはなぜなのか。

聞きたいことはたくさんある。

――いっそ好きだと言えば、教えてもらえるのだろうか。

けれど彼女は男と別れたばかりで、そして自分との関係も再開したばかりだ。気持ちを告げればむしろあっけなく終わるような気もする。

最後にしようと覚悟を決めたからこそ、慎重に彼女の本音を探っていく。

今はまだ、ふたたび彼女を抱くことができた余韻に浸りたい気がした。

＊　＊　＊

ノー残業デーの水曜日、それが早川恵茉とよく過ごす曜日になったのはいつからだろう。週末に誘うと警戒される気がして、いつのまにか平日に会うことが暗黙の了解になっていた。

会社から離れた繁華街まで出て、一緒に食事をする。恵茉は絶対に割り勘にしたがるから、あまり値段は高くないけれど個性的な店を選ぶ。

恋人以外の男に奢られたくないポリシーでもあるのか、湊の懐具合を気にしてくれているのかわからない。

ただ恵茉との食事は楽しかった。

こういう時、社内の同期という間柄は気負わずに済む。仕事の話をしても嫌がられないし共感も得られやすい。小食そうに見えるのに意外に好き嫌いなく量を食べる姿は見ていて気持ちがいい。

そしてそんな姿を見ると抱きたくてたまらなくなる。

だからホテルの通りに自然に足を踏み入れた時、湊は恵茉の肩を抱き寄せた。逃がさない、そういう空気を滲ませて恵茉を閉じ込める。

恵茉がわずかに緊張して、抗議するような目で見上げてくるからキスをして唇を塞いだ。

「ちょ、ここまだ外」

「誰もいない」

ホテルはすぐそこなのに、待ちきれずにいちゃつく恋人のように、夜の路上で彼女にキスをしたかった。

そういう類のホテルが並ぶ通りは道も狭く、外灯もまばらのため薄暗い。それに同じ目的のカップルたちはお互いに夢中で他人など気にしない。

「いなくてもダメ！」

恵茉は顔を背けて、逃げ出そうと体をよじる。

恋人でない男とセックスをするくせに、恵茉はどこか保守的だ。

確かに会社で彼女を知っている誰もが、彼女がこんなことをするとは想像さえしていないだろう。男と付き合う期間はあまり長くないようだが、それでも真面目だと思われている。

恵茉を見ていると、人は見かけによらないことを実感する。

だからホテルのエレベーターに乗るとすぐに、湊は恵茉の唇を思う存分味わった。彼女も観念して今度はすんなり口を開けて湊の舌を受け入れる。

部屋に入るなり彼女の体をドアに押しつけると、湊はすぐさま下着をストッキングごとスカートの中からおろした。

「堤くんっ！」

「指入れたかった」

「うん、あんっ」

右手は待ち望んでいた場所に入り込ませ、左手でブラウスのボタンを途中まではずす。ブラをずり下げて、飛び出た先端を湊は舌で舐めあげた。膝までしかおりていないストッキングのせいで恵茉のそこは広がらないけれど、その分熱がこもり指に雫(しずく)が垂れてくる。

音がわざとたつように、無理やり指の数を増やして嬲(なぶ)った。

「堤くんっ、待って」

「嫌だ」

「ベッド行こうよ」

「ここでやりたい」

「やっ、ああっ」

湊は指を中で動かしたまま、恵茉の弱い部分を優しく撫でた。あふれてきた蜜を塗すように触れるとすぐにそこは膨らんできた。

恵茉は頬を染めてうつむいた。艶のある黒髪が落ちてふわりと彼女の香りが鼻腔をつく。ブラとブラウスにはさまれた胸は卑猥な形に歪み、その先端はつんと立ち上がって、湊に食べてほしいとばかりに赤く色づいていた。

胸の先を舌でくるんで舐める。数本入れた指がぎゅっと締めつけられて、温かい感触が伝わった。両脚に力が入り体が小刻みに揺れる。

ドアのそばにもかかわらず、恵茉の小さな喘ぎが漏れると同時に軽く達したのがわかった。片脚からストッキングと下着を取り除く。湊もまたズボンのベルトをはずして避妊具をつけると強引にその場所に押し入った。

「ひゃあ、あんっ」

この瞬間いつも彼女を手に入れた気になる。ようやく彼女を乱すことができる。

いわゆる付き合ってきた恋人たちにはしないような強引さと激しさで湊は恵茉を抱いた。

ドアのそばで抱いた後、なし崩しに服を脱がせて全裸にした恵茉をベッドに押し倒す。安っぽいスプリング音がして小さく彼女の体が跳ねた。

そのまま深くキスをする。

食事をした余韻(よいん)などない、いつもの恵茉の味がしてひどく湊は安心した。

「やっ、灯り消して！」

「嫌だ。恵茉の全部が見たい」

他の女に言われたのであれば素直に応じるそれを拒否するのは、純粋に彼女の裸体を見たいから
か辱め(はずかし)たいからか。

彼女の足首を持つと強引に折り曲げて開く。

黒い陰毛の隙間から見え隠れする濃いピンクの襞(ひだ)。そこはしっかり濡れて、上の口と同じように
ぱっくりと中を開けている。

恵茉は羞恥(しゅうち)で脚を閉じようとするけれど、体を入れてそれを阻(はば)んだ。恵茉の秘めた場所を優しく
広げ舌を差し入れる。シャワーを浴びていない彼女自身の汗と匂いと味が舌にのった。

「やっ……シャワー浴びていないのにっ」

「そのままのおまえを味わいたい」

恥ずかしさに声を震わせながらも、彼女の体は湊が与える刺激を素直に感じている。

そう、味わいたい。

その味を、生ぬるい感触を、うごめくその襞(ひだ)を。

そして小さく顔を出しつつある真珠のようなその粒を湊は唇ではさむと優しく吸い上げた。

「あっ、ああっ!!」

部屋が明るいことなど気にせずに、体に与えられる刺激を素直に感じていればいい。

理性など壊して、激しく乱れて、素のままの淫らな彼女を見せてほしい。

恵茉は卑猥な声をあげて、蜜を滴らせる。湊はあますことなくその蜜を、音をたてて吸い上げた。

恵茉が、引き離したいのか押しつけたいのかわからない仕草で湊の髪に触れる。

恵茉は高くか細い声を出して、がくがくと体を震わせた。それにも構わずに彼女の弱い場所を舌でしごき、少し強めに吸いつく。

「やあっ、いやあっ、つ、つみくん！」

拒もうと伸ばされた手に指を絡めて阻んだ。唇をすぼめてさらに刺激を与えると、ぶしゅぶしゅと空気が抜ける音をたてながら、恵茉はさらに大きな声を発した。

彼女はいつも湊を名字で呼ぶ。

催促しなければ下の名前を呼ばないのが許せなくて、湊は顔をあげると恵茉のこぼした蜜を口に含んだまま彼女の唇に流し込んだ。

その代わりに中には数本指を突っ込んでかきまぜる。

くぐもった声をあげながら、唾液とともにごくんと飲み込む喉の動きがわかった。ついでにそのまま自分の唾液も注ぎ込む。

あふれる蜜をかきだしては、どれだけ感じているかわからせるようにその周囲に塗りたくった。

「やっ、ダメ、つつ、みく……んっ」

「ダメじゃないだろう？　すげー感じている。びしょびしょだぞ」

「やだっ、やぁ」

恵茉の口の周りは唾液か蜜かわからずに、明かりの下でてらてら光る。目尻からは感じすぎて涙がこぼれ、その表情はとても淫らでいやらしかった。

「やああっ」

達する時の顔はさらにいやらしくて、湊はそれでもその表情を見たまま指を休めなかった。

「恵茉。名前呼べよ」

恵茉がわずかに目を開いて、そして恥ずかしげに伏せる。そんな表情の変化でさえ興奮する。

指に伝わるのはいくらでも増えていく彼女の粘液。

「……湊」

声をかすれさせて恵茉が名前を呟いた時、空虚だった隙間がわずかに埋まった。

「俺が欲しい？」

なんてバカげた台詞だろうと思いつつも、恵茉の口からそれを聞きたい。

今おまえを抱いているのは自分だと。

乱しているのも、その熱を鎮められるのも。

他の男ではないのだと思い知らせたい。

「湊が、欲しい……」

涙目で恵茉が小さく呟いた。

そんな些細な望みが湊の心を満たす。

だから彼女の希望通りその体の奥に己を挿入する。

そしてベッドの軋む音を聞きながら、恵茉の体を揺らし続けた。


「堤くんって、欲求不満？」

なんとか手を伸ばして恵茉が部屋の明かりを小さくした。今さらだろうとは思ったけれど、その行動を止めるより、言われた台詞の意味がわからず首をかしげた。

「なんで、欲求不満？」

今、欲求は解消されたばかりですけどね、とはずした避妊具の重みで自分の溜まり具合をなんとなく量りながらティッシュで包んだ。

「だって！　……いい、なんでもない」

恵茉はうつぶせになると、肘の上に顔をのせて表情を隠す。

背中にうっすらと散らばる髪がわずかに汗で湿ってはりついている。シーツから出ている上半身のその背中がやけに色っぽくて、湊はそこに痕を残したくなった。

けれど恵茉が言いかけた言葉の先を想像して、そして気がついた。

「ああ、俺のセックスが激しい？」

「……自覚あるんだ」

「……まあね」

付き合ってきた女にはやったことがないことをしているからな、という言葉は言わなかった。

それは恵茉で欲求不満を解消しているからではなく、むしろ彼女が相手だと歯止めがきかないだけだけれど、それを悟られるわけにはいかない。

恵茉もそれ以上は言わずにふいっと首を反対に向けた。

無防備に見える耳のうしろにまでも俺は欲情するんだけどな、とピアスの留め具を見ながら思う。多分欲求不満だと彼女が感じるような激しい抱き方を恵茉に対してしている。いや本音を言えばこれでも抑えているほうだ。

疲れ果ててベッドで微睡(まどろ)んでくれたら、朝までずっと一緒にいてくれたら――そんな望みになど気づきもせず、彼女は今夜もまた一人で帰ろうとするのだろう。

ホテルに残された自分が、どんな気持ちでこの部屋の余韻(よいん)に浸っているかも知らずに。

だから他の誰にも残したことがない印をつけたくなるのだ。

湊は恵茉の背中の窪(くぼ)みに唇を押し当てて強く吸いついた。真っ白な背中に綺麗なピンク色が映える。

「っ……！　堤くん！」

恵茉がすぐさま体を起こした。

「ここは見えない」

残った痕(あと)に指先で触れた。

「それに……俺以外誰も見ない」

そうだろう？　という気持ちを込めて湊は恵茉をじっと見つめた。彼女はかすかに目を瞠(みは)った後、視線をそらす。

「そう、だけど」

こういう部分の勘はいい彼女は湊の意図を把握したに違いない。

今の彼女には見られて困る相手などいない。この痕が残っている間は他の男に抱かれたりしないはずだ。

(それは俺に抱かれた証拠だ。その痕を見るたび思い出せばいい)

「だったら私も、仕返しするわよ」

「どうぞ」

恵茉はくやしそうに表情を歪めた。許可を出しているのに、彼女は実際の行動にうつしたりはしない。

「じゃあ、俺はもう少しつけようかな」

「ダメ！　見えるところはダメだからね！」

「じゃあ、見えないところならいいか？」

「ダメ。そういうのは、私じゃなくて……」

恵茉はまた口を閉ざす。おそらくその続きは『恋人にするものだ』だろうか。

湊に恋人がいると信じきっている彼女は、そういう単語が出る会話を意識的に避けている。

もしそれが罪悪感からきているのであれば、最初から湊の誘いなど断ればいいのに。

湊は時々無性に聞きたくなる。

『どうして俺に抱かれるのか？』と。

もしかして自分以外の男に誘われても応じているのだろうか？

抱いてくれれば、本当は誰でもいいのだろうか？

けれど、聞けない。

せめて一緒に朝を迎えるぐらい……彼女が心を許してくれればもう少し踏み込めるのに。

だからもう一度キスをして、帰れないぐらい激しく抱きたいと思う。

＊＊＊

朝、会社に着くと同時にスマホが鳴った。

『そっちの会社にお遣いに行くことになった。少し会えない？』

そんなメッセージが届いて、湊はどうすべきか悩んだ。

別れた女の連絡先を削除しても、わざわざブロックしたことはない。こういう別れた後の誘いも、気分次第では応じていた。

今回、湊はいつも以上に彼女を傷つけた自覚があったため、迷いつつも昼休みに時間をとると返事を送った。

「大きくて綺麗な会社ね」

用事を終えた彼女とは会社の外で待ち合わせの予定だったのに、ちょうどロビーで鉢合わせをした。彼女は吹き抜けのエレベーターホールを見上げて、小さく感嘆の声をあげている。

受付嬢たちや、食事に行く社内の人間の視線を感じて湊はしくじったと思った。

どう考えても噂になる。

見た目が華やかでかわいらしい彼女はやはり目立つ。社内の男の何人かはわざわざ振り返って見るぐらいだ。湊はなんとなく牽制してしまう。

「外に出よう」

「あ、うん」

「昼食は？」

「済ませてきたよ。さすがに一緒にランチはしてくれないでしょう？」

無言で返事をする湊に、彼女はやっぱりね！　とおかしそうに笑う。

「湊の会社の女の人たちって、『仕事できます！』って感じがする」

「人それぞれだ」

確かに女性への支援が充実していることもあって、産後に復帰する女性も多い。だからそんな印象を抱くのだろう。

恵茉も結婚して専業主婦になるようなイメージはない。

翔の妻の亜貴だっていずれは復職を希望していると聞いていた。

少し距離をとって歩きながら、会社近くの公園に足を踏み入れた。いつのまにか葉の色が変わり、道に舞う落ち葉が増えた。

「湊の本命って……同じ会社の人？」

誤魔化すこともできたけれど、湊は頷いた。

「うまくいったの？」

彼女の目的がそれだということは気づいていた。

『もしダメだったらまた私とのこと考えてほしい』

別れ話をした時点ではあきらめた感じだったけれど、その後、足掻きともとれるメッセージが送られてきたからだ。返事をしないまま放っておいた。

足掻いているのは湊も同じだ。だから彼女の気持ちが痛いほどよくわかる。

小さな可能性でも縋りつきたい気持ち。

嫌いで別れたわけじゃないから余計に、湊も時折ずるい感情が芽生えそうになったこともあった。

「いや、まだ」

「湊が苦戦するなんて……どんな女性か興味あるな。きっと落ち着いた大人の女性なんだろうね」

「見た目はな」

見た目は目の前の彼女とは正反対。

彼女はかわいらしくて、見た目通り無邪気で素直で親しみやすく、少しあざといところもある。

でもそれが魅力的に映る子だ。

恵茉は、しっとりとした雰囲気で大人っぽくて落ち着いていて近寄りがたい。そのうえ、なにを考えているかよくわからないところがある。それが面倒だと思うこともあるのに、不意に見せる笑顔や、恥ずかしがる仕草が湊の心をくすぐる。

「湊がそんな表情するなんて……まいったなあ」

少し声を震わせて、それでも口元には笑みを浮かべて彼女は空を見上げる。泣きそうなその目を見なかったふりをして湊も空を仰いだ。

二人の間を、涼やかな風が通り抜けていく。

青の色が濃さを増して、やわらかな日差しが雲間から覗（のぞ）く。

「湊。私は湊のことあきらめる。でも湊はあきらめないで」

なんだそれ、と思った。

でもそれが彼女なりのけじめなんだとわかった。

あきらめない、そう言われたらすんなり受け止めただろうに、あきらめると言われた瞬間、惜しいことをした気分になる。

男の心を揺さぶるのが本当に上手だ。

「これでも私はモテるんですよ。湊よりもっといい男捕まえるからね！」

「モテることなんて知っている。それに、俺よりいい男捕まえられるよ」

まっすぐに目が合った。この笑顔を湊は忘れないようにしようと思う。

泣きそうで、でも綺麗なほほ笑み。

そして彼女を地下鉄の出入り口まで見送った。

「じゃあね」と言って階段を下りていく背中は、その姿が見えなくなるまで、決して湊を振り返ったりはしなかった。

追いかけずにいることが、湊にとって彼女への最後の誠実さだった。

＊＊＊

生きていると幾度(いくど)か重大な間違いを犯すことがある。

別れた恋人と再会した日から、湊は時々、また自分は選択を間違えたのではないかと思うことがあった。

『湊はあきらめないで』という言葉通り、恵茉との関係をなんとか進展させたいと気持ちは逸(はや)る。だが、恵茉を誘えば『今週は予定があります。ごめんなさい』と返事がきた。

こういうパターンには覚えがあった。

恵茉が、自分の誘いに応じたり断ったりを繰り返していくようになると、そのうちにだんだん彼女との距離は遠ざかっていく。

そのうち聞かされるのは『付き合うことになりそう』という報告だ。

『あなたとの遊びの時間はもう終わり』という意味を暗に含んでいるかのようなその台詞(せりふ)で、湊は過去幾度(いくど)となくそれ以上動けなくなった。

このままだとまたそのパターンになりそうな予感はあった。

なんとか打破したいのに、タイミングの悪いことに仕事もバタバタと忙しくなった。

会社で恵茉を捕まえるのも難しく、湊は焦燥の日々を送っている。

そんな中、翔に誘われて、湊は面倒に思いつつ居酒屋の個室にいた。

注文を終えると、翔は頼んでもないのにいそいそとスマホを出して、生まれたばかりの我が子の写真を見せてきた。

幸せ絶頂を体現している男は鬱陶しくてたまらない。

「ほらあ、目元は亜貴だろう？　口元は俺だと思わない？」

生後数日と思しき、目も口も閉じている写真を見せてこの男はどう判断してほしいのだろうか。

「まあ、よかったな、無事生まれて」

里帰り出産だったらしく、翔は予定日前後に有給をとって妻の実家で待機していた。仕事中に電話がきて、泣きながら報告された日を思い出して、湊はなんともいえない気分になった。

「うん、よかった。感動した。本当にすげーかわいい。あー今すぐ会いたい！」

騒がしい居酒屋はこんな時便利だ。個室とはいえ地声の大きいこの男の声は響く。

「俺を飲みに付き合わせずに会いに行けよ」

「うう、行きたいけど、明日は出張。里帰り中の誰もいない家で過ごすのは寂しい」

本当にうざい。

でもこういう幸せの模範みたいな男を見ていると、人生は捨てたものじゃないんだろうと少しだけ思える。だからうざいと思いつつ、付き合ってしまうのだろう。

口が裂けてもそんなことは言ってやらないが。

運ばれてきた食べ物やビールを飲みながら、しばらく翔の惚気話を聞き流す。

「おむつ替えはなかなか難しい」だとか「お風呂に入れるのは怖い」とかいう話から、なぜか「胸がものすごく大きくなったのに触れない」とか「いつになったらできるのかなあ」とかコメントしづらい内容になる。

湊は「妻に直接言え」「医者に聞け」と適当に答えつつ、ビールを流し込んだ。

「そういえば、S社の受付嬢とは順調？　しばらく前、ランチデートしたらしいじゃん。おまえにしては今回真面目に付き合っているんだな」

いきなり話を振られて、湊は思わずむせた。ゴホゴホと咳が続く。

翔がその噂を知っているということは、やはり恵茉の耳にも届いているのかもしれない。

彼女が誘いを断るようになったのは、そのせいだろうかと考えたこともあった。

恋人の存在を気にして遠慮でもし始めたのかと。でもそんなのは今さらのはずだ。

（やっぱり、新しい男か？）

「ゆるふわ系のかわいい子だって、社内の男どもは羨ましがっていたぞ。女たちは叫んでいたみたいだけど。いいねえ、モテる男は」

ばしばしっと力任せに翔が肩を叩いてくる。

「俺はゆるふわ系より、色っぽいのがいいけどなあ」と、妻はそういうタイプじゃないくせに、翔はそう続けた。

「別れた」

「そうそう別れずに続けばおまえもいつか——え？」

「別れた」

再度、湊はこの男が理解できるように繰り返した。

「え？　え？　ランチデートで？」

いまだ混乱中の翔は放置して湊はビールを飲み干すと、店員に追加でアルコールを頼む。

あの時はすでに別れていたなんて言っても、通じないのかもしれない。

次もまた会えるような空気を残して、地下鉄の階段を下りていった彼女の背中を、不意に思い出した。

追いかければ戻れる可能性はあった。

彼女の背中からもどこか引き留めてほしい気配を感じていた。

でも追いかけなかった。

その選択も間違いだったのだろうか。

間違えることなく正しい選択をしてきた男は、好きな女と結婚して子どもまでできて、幸せいっぱいだ。

間違いばかりを繰り返している自分は、到底この男のような幸せは得られない気にもなってくる。

なぜか翔は座布団の上に正座をして、テーブルの上の食べ物を口にし始めた。

幸せオーラに占領されていた空気が、一気に湿っぽいものに変わる。

「別れた理由は？」

冷めた唐揚げやら、ドレッシングで湿ったサラダやらを放り込みながら翔が聞いてきた。

好きな女がフリーになったから――

湊が別れる理由などいつもそれしかない。

恵茉が男と別れたと聞くと、手を伸ばしたくなる。誘いをかけたくなる。

付き合っている相手がいても、気持ちが……彼女に向いてしまう。

今までは翔に聞かれると「なんとなく」だとか「気が合わなくなった」とか「飽きた」とか適当に答えていた。

そのたびに「ふーん」とか「またか」と呆れていた。

その後続くのは「おまえもいいかげん本気になれよ」という台詞(せりふ)だ。

今回も適当に理由を挙げようと思っていたのに、湊の口からは違う言葉が出た。

「浮気」

「え？」

「だから浮気」

一度で理解しろよ、と思ったけれど、呑気そうな表情が崩れて、目も口も大きく開いた間抜けな顔をしているのを見て溜飲(りゅういん)が下がる。

「え？　おまえが浮気されたの？」

「俺が浮気した」

今回は違うけれど、最初に恵茉と関係を持った時はそうだった。あの時からずっと彼女との歯車は噛み合っていないままだ。

だから何度も何度も壊れてしまうのだろう。

翔はビールに手を伸ばしかけて、減っていなかった水のグラスを持って勢いよく飲んでいく。

口元に散った水を拳で乱暴に拭うと、驚きに見開かれていた目が今度は蔑(さげす)むように細められた。

亜貴とずっと真面目に付き合ってきた翔にすれば、許せないことだろう。

「おまえなあ！　浮気……浮気って。おまえにそんなことするエネルギーがあったのかよ」

頭をがしがしかいた後、翔ははあっと息を吐いた。

確かに恋愛自体あまり熱をいれたことはなかった。

告白されて、なんとなくいいかと思って応じる。

恵茉とのことがあってからは、『本気にはなれないと思うけどそれでもいいなら』と牽制(けんせい)しても逃げない相手とだけ付き合ってきた。

空虚(くうきょ)な隙間を埋めてくれるなら、誰でも構わない。どうせ誰にも埋められない。

「おまえが珍しくやさぐれているのって、浮気がバレて振られたからなわけ？」

「その前に別れた。それに別にやさぐれてなんかいない」

新しく運ばれてきたビールを飲んでいると、翔が憐(あわ)れみのこもった視線を送ってきた。

「別れたんだったら浮気じゃないだろう？　おまえ日本語おかしいぞ」

「今回はな。でも似たようなものだ」

「今回はって。前、別れたのもおまえの浮気が原因なの？」

「そうなるんだろうな」

相手が浮気に気づいていたかどうかはわからないけれど、「他に好きな人がいるんでしょう？」とは言われていた。

認められなくて、いつも曖昧(あいまい)に濁してきたけれど。

「ずっと浮気していた、同じ相手と」

「同じ相手と？」

「ああ」

「それって、もしかしてそっちが本命ってことか？」

翔ががばっと湊に体を向ける。むさくるしい男に近づかれて咄嗟(とっさ)に上体をかわした。

「誰だよ、その相手!!」

「教えない」

湊は皿の中に残っていた枝豆を口に含む。湊の分を残すなんて気遣いもなく翔が食べ散らかしていたので、それぐらいしかない。

翔はぶつぶつと呟きながらなにか考え込んでいた。翔がどんなに考えたってその相手が同期の早川恵茉であるとは思いつかないだろう。

それぐらい自分たちの間に接点はない。

「なんだよ。本命いるならそっちと付き合えばいいじゃん。おまえが浮気って言うことは、その女とはそういう関係なんだろう。……って、あれ？　おまえもしかして相手人妻か!?」

突拍子もないことを言い出した挙句、さらにもしかして亜貴じゃないだろうなと呟きだして、湊は呆れながらも手を振ってそれを否定した。

「本気になれないんじゃなくて、本気の相手とは付き合えない事情があるのか？」

事情なんかない。ただ相手の好意が自分にないだけ。

いわば片思いだから成就していないだけの単純な話だ。

けれどそんなこと翔は思いもしないのだろう。

「ただの俺の片思いだよ」

「かたおもい？　肩重い？　え？　え？」

小さなパニックに陥った翔は、またバカなことを口走っている。

髪をかきむしっては、ぽかぽか頭を叩きだしたのを見て本当に個室で助かったと思う。

そんなに片思いが意外だろうか。

まあ、片思いしているなんて認めるには……だいぶ時間がかかったけれど。

「何度もやめようとした。本気になったたって仕方がない。どうせ叶わない」

「湊……」

自分を嘲笑うように湊は肩をすくめてみせた。

最初は少し気になっていただけ、興味や好奇心もあった。

浮気をしている自覚も薄かった。付き合っていた相手はいても、ただそれだけだったから。

でもそれ以降、付き合う相手は恵茉とは正反対のタイプになった。

似たタイプを選べば……恵茉を思い出して苦しくなる。

ひどく恋焦がれてしまう。

「いいな、おまえは。好きな相手に好きになってもらえて。それってマジで奇跡だと思うよ」

翔の薬指にきらめくのは約束の印。永遠の愛を誓い合った証。

そのうえ彼らには愛の結晶である子どもも生まれた。

「そうさ、奇跡さ。本気で惚れられる相手に出会うだけでも俺は奇跡だと思っている。だから手に入れる努力は惜しまない。おまえもあきらめずにぶつかれ！」

男泣きしそうな表情で言われて、湊は苦笑する。

当然のことをまっすぐ言い放つ男の言葉に、腹立たしさを覚えながらも胸に響くものがあった。

「なに泣いているんだ」

「泣いてない。ただ片思いのつらさは俺にもわかる。うう、思い出す」

ああ、そういえばこの男もいろいろあった。翔は過去を思い出したのかやけ酒をするように生ビールを飲み始める。

そうしてぐだぐだ情報を引き出そうとする男から逃れながら、湊もビールを飲み続けた。


「湊、もう一軒行くぞ」

居酒屋を出ると、翔はそう叫んだ。

この男なりに湊を励まそうとしているのかもしれないし、ただ情報を仕入れたいだけかもしれない。

翔に付き合うかどうか悩んで歩いていると、向かいの歩道にいるカップルが目に入った。

見覚えのある姿に視線が釘付けになる。

最初は見間違いだと思った。

会社帰りだろうに、袖が広がったベージュの薄手のコートとか、毛先が綺麗に巻かれた髪型だとか、ヒール高めのブーツとかが明らかにデート仕様だ。

アルコールでふわふわしていた足取りが、いきなり錘をつけられたように動かなくなる。

「湊ー？　どうした？」

急に足を止めた湊に、翔は振り返った。そして湊の視線の先を追う。

「あれ？　あれって早川？　もしかして新しい男かな。相手の男、俺らと同い年ぐらいじゃないか？　なあ、湊」

恵茉は年上の男と交際しているというイメージが強い。だからか翔も「早川にしては珍しいタイプだよな」とつけ加える。

翔の言う通り、恵茉が今一緒に歩いている相手は自分たちと同年代に見える。

だからなのか、恵茉はいつもより緩んだ表情をして隣の男を見上げていた。

小さく笑みを浮かべては頷いて、楽しそうにおしゃべりをしている。

二人の間には、緊張感が漂いながらもどこか気さくな空気があって、付き合い始めだと思える初々しさが伝わってきた。

「早川もそろそろ本気モードなのかもなあ。おまえも負けずに頑張れよ！」

翔が湊の背中をばしっと叩いてくる。その衝撃に湊は小さくよろめいた。

「湊……？」

目をそらしたいのにそらせない。

翔にばれるわけにはいかないのに誤魔化せない。

もしかしたら新しい男ができたのかもしれない――そんな漠然とした不安はあった。

けれど今それが形となって目の前に現れて、湊は激しく動揺する。

恵茉はやはり、自分のことを次の男が見つかるまでの繋ぎだとしか思っていない。

後腐れなくセックスできる相手であって、そこにそれ以上の気持ちなどなかった。

そんなことは昔からわかっていたのに。わかりきっていたのに――

吐き気がしそうなほど気分が悪くなる。湊はすぐ近くにあった電柱を思わず叩いた。

「おい……湊？」

「胸クソわりぃ！」

掌にじんじんと痺れが走った。それ以上に息もできないほど胸が苦しくてたまらない。シャツの胸元を掴んで、湊は二人の背中が見えなくなるまで睨み続けた。

今すぐ追いかけてこの男は誰なんだと叫べたら、今からこの男に抱かれるのかと罵ることができたら。

「まさか、おまえの本気の相手って……早川かよ……」

驚きに満ちた翔の声が背後から聞こえた。

＊　＊　＊

「いいか！　俺は子どもも生まれて大変なんだ。ものすごーく忙しい！　飲み会なんてやっている場合じゃない！　でも今回は久しぶりに同期会幹事してやるから、今度こそぶつかって砕け散ってこい‼」

応援しているのかどうかわからない内容を口走って、翔がいきなり同期会を開催した。

湊にしてみれば微妙にありがた迷惑な話だ。

あんな場面を見ておいて、どうにかなると本気で思っているのだろうか？

しかし、行動力のある有言実行のこの男は、あれよあれよという間にお膳立てを終えた。

前回の同期会は、翔の結婚式の二次会を兼ねていたので、居酒屋で気楽に飲む形での開催は久しぶりだった。

そのせいか出席者は多いようだ。いつもはあまり参加しないメンバーもいる。

周囲を何気なく見回したけれど、恵茉の姿はまだなかった。

翔は幹事役の雑用を終えると、湊の隣に腰を下ろした。はあっと息を吐いて首をまわす。こきこきと骨の鳴る音がした。

「だいぶ疲れているようだな」

「疲れているさ。息子はしょっちゅう泣くし、オムツ換えればしょんべんはぶっかけるし、夜中に何度も起きるし、亜貴も俺もお互いへとへと。まあ、だから今夜は一次会でおさらばだ」

妻子が実家から戻ってきて、家族三人の生活が始まったと聞いていた。

我が子はかわいい、とだけ言っていられなくなったようで、時たま不満も漏らすようになった。主に妻が子どもに夢中で相手をしてくれないという類のものだ。

だからこんな愚痴だって、疲れていても、鼻の下を伸ばしてへらへらしながら言ってくる。

結局この男はいつだって、幸せ自慢をしているにすぎない。

「お、来たな」

その台詞が誰を指しているのかわかって、湊は肩を震わせた。気づかれないようにさっと視線を向ける。彼女は気配を消して静かに座敷に入ってくると端の席に腰を下ろした。仲のいい友人がさっそくやってきて絡まれている。

「早川って隙ないよなあ。こういう飲み会の席でも」

翔がビールを片手に、ぼそぼそっと呟いた。

「隙、ねえ」

元々隙なんか一切ない。こんな同期の飲み会だって、仕事の延長線上のような態度を崩さない。普通はこんな場で一緒になれば、特別な関係の男女なら周囲に気をつけながらも視線が合ったりするものだ。しかし恵茉に関してはそれが一切ない。

緩やかにうねる長い髪を肩にはらいながら注がれるビールを受けて苦笑している。

ノーカラーの紺色のジャケットの下はシンプルな白いシャツ。ひかえめに裾にレースのついたスカート。いつもと同じ落ち着いたスタイルだ。

「なんだよ」

翔の意味深な視線を感じて湊は聞いた。

「今夜、誘えたのか？」

「……ああ」

答えたくはなかったけれど、自分が頼んだわけでもないけれど、疲れているのに同期会を開いてくれたのはこの男だ。だから渋々返事をした。

恵茉が同期会に参加することは事前にわかっていた。だから、終わったら会おうとメッセージを送った。

一か八かで誘って、断られることも覚悟していた。

返信は遅かったものの了解の返事がきて、湊は複雑な気分になった。

応じてもらえたのは嬉しいのに、もしかしたらという嫌な予感もひしひしと感じる。

あの夜一緒に歩いていた男と、付き合い始めたと報告するために、会うことを了解したのではないかと。

それは二人の関係の終わりを意味する。

（翔には悪いが、告白する前に、結論だされそうだな……）

「付き合い始めた」なんて報告された後で、告白したって無意味だろう。

翔はどことなく憐れみのこもった視線を向けてくる。

「子どもが生まれたばかりで奥さん大変なのに、飲み会開いてくれるオトモダチの厚意を無駄にはしないつもりですが」

「おまえ棒読みで言うな。ありがたがってねーだろうが。でも無駄にはするなよ！」

どうせうまくいかないと思っているくせに、翔は発破をかけてくる。

本当にお節介な男だ。

でもこれで最後にする。それだけは湊も決めている。

もし恵茉が「付き合い始めた」と言ったなら、それで終わり。

きっぱり未練をたちきって、今度こそ次に付き合う女を大事にする。たとえ彼女が別れても、もう誘ったりはしない。

「おまたせしました」

と言って、店員が日本酒を運んできた。今夜の飲み放題のメニューにはなかったはずなのに、翔は待っていましたとばかりに受け取ると、にやにや笑い始める。

自分でこっそり飲むつもりかと見ていれば、この男は徳利とお猪口を手にして立ち上がった。

「翔？」

翔はにっこりと無邪気に笑った。そうしてなに食わぬ顔をして、恵茉のいる席へと歩いていく。

「あいつっ！」

案の定、そうして恵茉の隣にどしっと腰を下ろした。

湊は思わず目をそらす。

余計なことを言う男ではない。

けれどなにを話しているか気になっても視線を向けるわけにもいかない。

「堤くん、久しぶりー」

翔がいなくなるとすぐさま周囲に女たちがやってくる。湊は逃げるタイミングを逃して、仕方なく相手をしながら飲んだ。いろいろ話しかけられているが内容など一切入ってこない。

本当にこれ以上余計なことはしないでほしい。やはりあいつにバレたのは間違いだった。

「おまえ、とうとう父親なんだって？」

と大きな声が聞こえて、翔が遅れてやってきた男に連れ出されている姿が見えた。その隙に恵茉の様子をうかがうと、どことなく硬い表情をしていた。

翔と話をしたせいなのか、別の理由があるのか判断はつかない。ただアルコールを飲むペースが速くなる。目の前のグラスを空にしたかと思えば、食事を口にするより先に次のグラスに手が伸びている。彼女のテーブルには、誰が頼んだかわからないアルコール類が固まって置かれているのも、その行為に拍車をかけている。

（飲みすぎじゃないのか？）

酒に弱くはない。けれどこんな同期会で無茶な飲み方をするのは、最初の夜以来だ。

飲んで酔えばやはり恵茉も雰囲気がぐっと和らぐ。いつもよりも隙が垣間見える。

できればそんな姿をこんな場所でさらしてくれるなと、湊はハラハラとイライラを抱えながらも、見ることしかできない。

（なにを言いやがった、翔！）

告白の後押しをするつもりで、開いた会ではなかったのか。それとも酔わせた隙を狙えばいいなんて思って日本酒なんかを提供したのだろうか。

内心頭を抱えつつ、様々な感情が押し寄せてきて、どれだけ飲んでも酔えない気分だった。

＊　＊　＊

湊の予想通り、恵茉は珍しく飲みすぎたようでいつもは見せない表情や言動をする。そんなものを見せられるたびに、湊は気持ちが揺さぶられて、どれだけ惹かれているか自覚する羽目になっていた。

翔から『勝負したいならまず自分のテリトリーに誘い込め！』と根拠のなさそうなアドバイスをもらったのを思い出し、恵茉が酔ってぼんやりしているのをいいことに、湊は自分の部屋に初めて恵茉を連れ込んでいた。

翔の目的はやはりこれだったか、とも思った。

これまでも何度か『俺の部屋に来ないか』と誘ったこともあった。けれど恵茉はあからさまに警戒し拒むので実現しなかったのだ。

なにより、恵茉とそういう関係になって何度もセックスをしているのに、一緒に朝を迎えたことはない。

ホテルだと、行為が終わるとすぐに家に帰ろうとする彼女を引き留めづらかったけれど、自分の家ならば、という思惑もあった。帰らないで済むように、意図して激しいセックスをしてもうまくはいかなかったから。

足元のふらつく彼女を支えて部屋に入ると、寝室のベッドへと運ぶ。

恵茉はすぐさま無防備に横たわった。目をとろんとさせてゆっくりと瞬きを繰り返す。潤んだ眼差しからも、おそらくここがどこだかわかっていないようだ。

「俺じゃなかったらどうするんだ、この女は！」

腹立たしくなって、朦朧としている彼女にキスをしながら衣服を剥いでいく。特に激しい抵抗はない。

同期会の後で合流した時はまだ意識ははっきりしていたから、自分が一緒だという認識はあるはずだ。

だからこんなに油断して無防備なのだろうか。

それとも湊が知らないだけで、酔えばこんな風に誰が相手でも構わない状態になるのだろうか。

やわらかな髪を指ですきながら、アルコール臭の漂う唇を塞ぐ。舌を入れれば弱々しいながらも応えてきた。やわらかな胸に触れれば酔いのせいか肌が火照っている。胸の先を舌で転がすとそこはすぐに硬く尖り、甘えた高い声が吐息とともに漏れてきた。

（なあ、そんな声、あの男も聞いているのか？　もうこの肌に触れたのか？）

きめの細かい肌に自分が残した痕は見当たらないけれど、新しいものもない。その事実に安堵する。

（いや、もしかしたら痕を残さない男かもしれない）

二人で歩いている姿を見たせいで、リアルに相手の男の容貌が思い浮かんでしまう。

手を滑らせて肌の感触を味わいながら、湊はここぞとばかりに、際どい股の付け根や脇の窪みにも吸いついて痕をつけ直した。

「んっ……堤、くん」

本人からも見える胸の膨らみに吸いついていると、恵茉が小さく体を震わせた。

「恵茉？」

「つつみ、く……ん」

「なに？」

返事をしてみるものの、酔いがまわって混乱しているのか、恵茉は甘えたように名前を呼ぶだけだ。

「恵茉？　なに？　おまえまじで酔っ払いだな」

こちらの気も知らずに、と少し腹立たしくなって、湊は恵茉の両脚を思い切り広げた。意識があれば抵抗される体勢だが、今は一切ない。秘められたその場所を指で開くと中から透明な蜜がとろりとこぼれてきた。

指を入れてかきまぜる。

「中、すっげー熱い」

「あっ、あんっ」

指を出し入れしながら中の蜜をかきだす。あふれてくるそれを指にまとわせると、赤く充血した小さな芽に優しく塗りつけた。

指を二本中に入れ、親指で小さな芽を小刻みに揺らした。すでに知り尽くした気持ちいい場所を軽くこすりあげる。

腰が卑猥に揺れて、恵茉はか細い喘ぎを発した。達する時の顔がたまらなく色っぽい。

快感に染められた表情をしているのに、そのまま穏やかな寝息が聞こえて湊はため息をついた。

「お預けかよ……起きたら覚えていろよ」

さすがに挿入するわけにはいかなくて、湊は仕方なく彼女を抱き寄せて興奮を鎮めていった。

どうせ今夜はもう恵茉を帰すつもりはない。夜明けまではまだ充分に時間はある。

このまま朝を迎えるのもいいかもしれないと思いつつ、湊もまた微睡みの中に沈んでいった。


カーテンから薄青い明かりが洩れてくる中、湊は恵茉の耳のうしろを舐めていた。塩っぽい味がするのは、快感で流した恵茉の涙のせいか汗のせいかわからなかったけれど、恵茉のいろんな味が湊の記憶に刻まれていく。

声を抑えなければと無意識にでも思うのか、手の甲で口元を覆いながらも漏れ出る喘ぎ声が部屋の中に響く。

ベッドサイドのデジタル時計で時間を確かめて、ようやく彼女と一緒に迎えることができた朝に感慨(かんがい)さえ覚えた。

中途半端な時間に目覚めたくせに、湊の部屋にいることに気づいた恵茉は、またすぐに逃げようとした。動揺したことも、帰ろうとしたことも許せなくて、湊はなんとか言い包(くる)めて、介抱したのだと恩を着せて彼女を激しく抱いている。

「やあっ、あっ」

最初は、いや、とか、ダメとかはっきり出ていた単語が今は出ない。

すでに記憶している彼女を壊す場所を何度も、指や舌や唇で犯していく。

湊は恵茉の体を抱き起こすと、途切れることなく蜜を滴(したた)らせるその場所に己を埋め込んだ。体重の重みでいつもと違う場所にあたるせいか恵茉の声は途切れない。

目の前で揺れる尖(とが)った胸の先を口に含むと、唾液を塗りつけ舌で転がす。もう片方の胸を形が歪(ゆが)むほど揉みながら、下から突き上げる。繋がった部分からは止め処(とど)なく蜜があふれて互いの肌を汚した。

彼女を手放したのは、夜がすっかり明けてからだ。腕の中で脱力した体を支えて、ようやく初めて目にする寝顔を焼きつける。かなり強引な手段と方法だったけれど、自分の部屋で初めて二人で朝を迎えることができた事実は、湊を少し満足させた。

問題はなにも解決してはいない。

けれど自分の部屋に好きな女がいるという状況は、湊を浮かれさせていたのだと思う。

恵茉からいつ新しい男ができたと告げられるか不安を抱えながら、その前に自分の気持ちを伝えるべきだとも思いつつ、もう少しだけこのまま一緒にいたいと思った。

穏やかな気持ちで朝食を食べた時、すっぴんに近い彼女の姿を見た時、興味深そうに室内を眺めている姿を見た時、少しは心を許して、興味を持ってくれているのかもしれないと期待した。

一緒に食事をしてセックスをするだけではなく、こんな風に何気ない時間をただ二人で過ごす。もっとありのままの彼女を知りたいと、こんな時間を過ごしたいと、そう思ったから兄夫婦への出産祝いを理由に一緒に出かけてほしいと誘った。

恵茉は反射的に応じた後で、後悔したような表情をした。そんな部分に気づくと、湊はいつも先に進めなくなった。

でも今回はあえて気づかないふりをして強引に進めた。この機会を逃せば、今度こそもう永遠に手に入らないだろう予感があったから。

＊　＊　＊

さらりと肩に落ちる恵茉の髪からは、自分と同じシャンプーの香りがする。

美容師である兄に、おまえも試しに使ってみろと言われて無理やり押しつけられたものだ。特にこだわりなくそのまま使っていたが、いい香りがするんだなとぼんやり思った。

一度着替えに戻りたいと言った彼女を、湊は車で家まで送った。

着替えてきた彼女は普段は目にすることのないジーンズ姿で、網目の大きなロングカーディガンが逆にほっそりした体のラインを引き立てている。

髪型も服装も化粧もいつもと違っていて、別人といるようなくすぐったい気分になった。

こんな姿の彼女をこれまで付き合った男たちは見てきたんだなと思うと悔しさも生まれて、今さらながらに恵茉のことをもっと知りたくなる。

「出産祝いをどこで買うつもりなのか」と聞かれて郊外のショッピングモールにしたのは、遠方にすれば長く一緒にいられると思ったからだ。

家族連れやカップルが多い中、ベビー用品を売っている店に向かって歩いていく。

目の前に、仲良さそうにいちゃつくカップルがいて、自分たちはどんな風に見えているだろうかと思った。

彼らのように腰に腕をまわし合って、キスしそうなほど顔を近づけて歩くなんてできるはずもない。

せめて手でも繋げばそれらしく見えるだろうけれど、実際恵茉との間には微妙な距離があった。

同じ歩調で歩いていても、どこか他人行儀な空気。

体はあれほど貪欲(どんよく)に互いを求めて朝まで繋がっていたのに、今はそれが嘘だったかのようだ。

彼女はやはり自分にはセックスの相手しか求めていないのだろうか。

休日の昼間にするデートのような時間を過ごすのは嫌だったのか。

(セックスしている間は求められている気がするのに、こういう時間はやっぱり迷惑そうだな)

今朝まではあった穏やかな空気や、彼女の隙が今はない。

あっという間にただの会社の同期の位置に戻った彼女に、湊はこれからどうすべきか悩んだ。

「あ、あの店じゃない？」

目当てのお店を見つけて、恵茉が指をさす。

店内は温かみのあるオルゴールの音色が流れていた。

ベビー用品以外にも、おしゃれな雑貨も置いてあって、兄夫婦が好みそうな雰囲気だと思った。

木製の棚に並んだ小さなものたち。

普段目にすることのないそれらは、まるで幸せの象徴のように愛らしい。

シルバーの写真たてや、小さなスプーンやコップ。白いよだれかけは、「スタイ」って言うのよと恵茉が教えてくれる。

赤ちゃんを連れた若い夫婦は、黒いスタイリッシュなベビーカーを吟味（ぎんみ）している。

いつか自分たちも、我が子のために一緒に選ぶ日が来るのだろうか。そんな未来を想像しかけて湊は口元を手で覆った。

(付き合うことさえできていないのに、バカだろう)

そもそも、今まで付き合ってきた恋人たちと一緒にいて、こんな感覚になったことはなかった。

この空間に影響されているせいも大いにあるけれど、やはり一緒にいるのが恵茉だからだろう。

(……結婚、か)

翔を思い出しかけて、なんとなく不快な気分になって、湊はすぐにそれを消し去った。

「彼女とくればよかったのに」

『はじめての離乳食』と書かれたポップに誘われて、ほっこりとした木製の小さな器を手にしていると、不意に恵茉が口に出した。

思わず振り返って見れば、彼女は小さなベビーソックスを手にしてそれを眺めていた。

兄夫婦のための出産祝いを選ぶのを手伝ってほしいと言った。

介抱したお礼に買い物に付き合ってほしいと。

だから彼女は湊の望み通り一緒に来てくれたけれど、それは会社の同期としてでしかない。

湊が結婚へのイメージを思い描いている間、恵茉は『彼女とくればよかったのに』なんて、付き合わされて迷惑だとでも感じていたのだろうか。

(ことごとく噛み合わないな、俺たちは)

「選んだことがないからわからないって断られた」

急激に現実を思い知らされて、湊は適当にそう口にした。

兄夫婦に子どもが生まれるなんて話は、元恋人にはしたこともない。

出産祝いなんて本当は現金でもいいと思っている。

こんなのは彼女を誘い出すためのただの方便だ。

「早川だったらどれがいい？」

もう少し一緒にいたかっただけ。セックスだけではない時間を過ごしたかっただけ。

そう願ったのはやはり自分だけで、彼女はもうすっかり切り替えている。

「これなんかどう？」

恵茉は真っ白な小さなクマのぬいぐるみを手にした。そこからはささやかなメロディが流れてくる。

聞き覚えのある曲だとは思ったけれど、どうでもよかった。

付き合っていた女とはとっくに別れている。

そう言えば彼女はどうするのだろう。自分たちはどうなるのだろう。

「いいな、かわいくて」

湊に言えたのはただそれだけだった。

必要なものを買い終えるとすぐに恵茉は、

「お祝い買えてよかった。ここで私、失礼するね」

と言った。

完全に同期の顔に戻っている彼女に、仕方なくここまで付き合ってくれたのだと、あたりまえのことなのに情けない気分になった。

もう少し会社とも夜の二人とも違う時間を過ごせたら、なにかが変わるのではないかと期待していたのは、当然ながら自分だけだ。

「早川？　やっぱり体調悪いなら帰る？　送る」

「ううん、いい。私バスで帰る。せっかくだからちょっとお店見てみたいし」

「だったら付き合うよ」

このままここで手放せば、もう本当に終わりだと思った。

もしかしたら、もう湊の誘いには二度と応じないかもしれない。

優し気な笑みを浮かべて、男と一緒に歩いていた彼女の姿を思い出す。

(やっぱり、あの男と付き合うのか!?)

だったら、さっさと言えばいい。

いつものように「付き合うことにした」のだと、新しい男ができたのだと素直に吐けばいい。

「ううん、一人で見たい」

「バスで帰るには距離がある。ここまで付き合わせたのは俺だから、最後までちゃんと早川を家に連れて帰る」

「用事が終わったのに……恋人でもない女と過ごす必要はない。恋人が知ったら傷つくと思う」

湊の手にしているショッピングバッグの中には、確かに綺麗に包装された出産祝いが入っている。

用事はすでに終わって恵茉は役割を果たした。

「お祝いのプレゼントも買えたし、これで介抱してくれたお礼はおしまい。これ以上私が堤くんに付き合う必要はないよね？　だからここでばいばい。また火曜日に会社で」

恋人が知ったら傷つく？　そんなこと今さらだ。

恋人がいると気づいていて誘いにのったのは恵茉だ。そんな罪悪感を今頃示されても、本音だとは思えない。

知られたら困るのは恵茉のほうではないのか？

新しい男に誤解されたくないから、だからこんなことを言いだしているのではないか。

背中を向けて歩き出した恵茉の腕を強く引いた。

「帰るなら家まで送る」

「いい！　バスで帰る！」

用が済めば一緒にいる必要はないと実際に言われて、湊は自分の愚かさに笑いたくなった。

わかっていた。この女はそういう女だ。

恋人でもない男と平気で寝る女。

セックスしか目的じゃない女。

最低な女だと、だからもう終わりにすればいいのだとわかっていたのに。

もうただの同期にも戻れないことを今の湊は確信せざるを得なかった。


だからお互いに醜い言葉で言い争った後、どさくさに紛れて「好きだ」と告白した。

それにもかかわらず、恵茉が泣きながら叫んだ言葉を聞いた時、わけがわからないというのが湊の正直な気持ちだった。

ただ、とにかくここで逃がすのは得策じゃないことだけはわかって、必死に彼女を繋ぎとめる。

そしてやはり自分はずっと間違えていたのだと、それだけは実感せざるを得なかった。

＊＊＊

女に泣かれるのは好きじゃない。それが大事な女ならなおさらだ。

「好きだ。好きだよ」

彼女が不安にならないように、信じてもらえるように、湊は何度となく告げる。今まで言えなかった分まで気持ちを吐き出すように。

恵茉はそのたびに泣いて、湊は慰（なぐさ）めるようにキスをして彼女を抱きしめる。

彼女もまた縋（すが）るように湊の背中に腕をまわしてくる。そんな仕草は滅多（めった）にしないから、湊もまた抱く腕に力を込めた。

ここまで気持ちがすれ違ってしまったのは、最初から無理なんだとお互いにあきらめていたせいだと湊は思う。

湊は恵茉が誘いにのるなんて思っていなかった。だから付き合っている相手がいたのに、誘ってしまった。

恵茉も、最初から恋人になれないとあきらめていた。体だけでもいい、好きな人に抱かれたい。その想いが強かったから誘いに応じた。

恋人がいるのに浮気をする男。

恋人でもない男と寝る女。

そうインプットしてしまった。

「好き。私も堤くんが好き……」

湊は唇を寄せて、恵茉に口づけた。ゆっくりと舌を絡ませて、それで想いが届けばいいと願う。

「でも……」

唇を離すと、弱気な声が漏れた。

「恵茉？」

「私……堤くんの好きなタイプとは違う」

ああ、勘違いはそこからだった。恵茉と似たタイプと付き合うのが嫌で、あえて正反対のタイプの女を選んできた弊害がこんなところで出るとは予想外だ。

それに、彼女はモテる割に自分に自信がない発言をする。最初の夜も、いろいろ聞かれたなと思い出した。

「恵茉、それ誤解だ。俺の好みのタイプに共通点があるって噂は知っていたけど……俺は好みのタイプを選んでいたんじゃなく後腐れのないのを選んでいた。それがたまたま似たタイプになっただけだ。むしろおまえと似たタイプなんて後腐れなくても付き合えなかった」

恵茉が、意味がわからないと言いたげに湊を見上げてきた。涙に濡れた睫毛が色っぽくて、ついキスをして雫を舐めた。

「似たタイプと付き合えば、おまえじゃないって実感するだけで虚しくなる。だから付き合わなかった。好きなのはおまえだけだ」

恵茉は数度瞬きを繰り返した後、珍しく頬を染めた。セックスの時にしか見せない恥ずかしそうな表情は愛らしくて、抱きしめる腕に力が入った。

（まいった……なんか、素直すぎるこいつってやばい）

嬉しそうなそんな表情は一瞬で、すぐさまそれが困惑に変わる。自業自得とはいえ、恵茉の不信感はかなり強いようだ。湊の気持ちも言葉もいまだ信じ切れていないのが伝わってくる。

けれどそれは湊も同じだ。

『浮気させちゃいけないと思ったから、新しい人を探した』――今回もその『新しい人』はすでに彼女のそばに現れている。

「恵茉は？　一緒に歩いていた男ともしかして……もう」

「あ……」

恵茉ははっとしたように怯えて、そして首を強く横に振った。

「確かに……そのつもりで会っていたの。でも何度か食事をしただけ。誘われたけど……踏み込めなかった。あなたとの関係を終わらせないといけないと思っていたけど、だから会っていたんだけど、でもまたあなたとの関係が終わると思うと怖くて。すごく矛盾しているんだけど」

ふたたび泣きそうになりながら恵茉が必死に言葉を紡ぐ。これ以上言わせたらまた自己嫌悪に陥って、やっぱりダメだと口にしそうだ。

湊ももうこれ以上、拒否の言葉は聞きたくない。

「体の関係はない？」

「ないよ」

「キスは？」

「ない」

「じゃあ次に連絡が来たら断って。恋人ができたからもう誘わないでと言えばいい」

本当は連絡先を消して、拒否をしてほしいと思ったけれど、それはあまりに大人げない気がしてやめた。

恵茉はしっかり頷くと「うん、きちんと断る」と言ってくれる。今はそれで満足すべきだろう。

恵茉の緩やかにカールがかった髪を指に絡める。自分と同じシャンプーを使っているはずなのに、それとはまた違ういい香りがしてそのままキスをした。

「他に不安はある？　この際だからおまえの誤解はきちんと解いておきたい」

恵茉は少し考えるようにうつむいた。感情の赴くままにすぐには言葉にできないところが彼女のいいところであり、もどかしいところでもある。

駐車場であんなやりとりになったのは、湊が蔑む言葉を吐いたせいだ。あそこまで傷つけるような追い込むような発言をしないと、彼女は本音を出せないのかもしれない。

そして都合の悪いことに、彼女は様々な感情を呑み込んで、それを悟らせないのがうまい。

だから自分への好意があるのか、なかなか確信が持てなかった。

素直に言えなくさせたのは卑怯な関係だったせいで、それは湊に原因がある。

「恵茉？」

「別れたのに……S社の子と仲良くランチへ行ったの？」

おそるおそると言った様子で、恵茉がようやく口にする。彼女にしてはきっと随分頑張っているに違いない。

「ランチはしていない。まあ、なんていうか――俺を想うのはもうやめにする宣言されただけ」

「地下鉄の階段を下りていくのを見守っていたよね？　すごく切ない目で見送っていたから、大事な恋人なんだろうなと思った。あれを見て、ああ、やっぱりダメだって思っていたから……」

思ってもみない内容に湊は単純に驚く。噂を耳にしていたわけじゃなく、彼女を見送ったあの場面を恵茉は見ていたのか。

「もしかして……だから男と？」

「そう。会おうって決めたの。浮気せずに大事にしなさいよって思ったから。今度こそ堤くんとの関係終わらせようって。別れた後だったとか、想うのをやめる宣言だとか想像できなかったな」

目を伏せて呟いた恵茉を湊はもう一度抱きしめた。

きっと湊が知らぬ間に、傷つけたことがたくさんあるように思えた。

その後も恵茉はぽつりぽつりと心情を吐露する。

セックスが激しいのは……恋人にしづらくてもセフレだからできるんだろうと思っただとか。

一緒に朝を迎えたら欲張りになりそうで怖かったから、どんなに体がきつくても帰っていただとか。

都合のいい女でいるためにも、わずらわしいと思われないように距離を保つ努力をしていただとか。

湊が歯がゆく思っていた彼女の様々な言動に隠されていた気持ちは、想像もしなかったものだった。

だから湊も、激しく抱いたのは歯止めが利かなかったこと、できるだけ長く一緒にいたら帰さずに済むだろうという気持ちもあったこと、そっけないのは男として興味を持たれていないからだと思い込んでいたことを言った。

恵茉は泣きそうな表情で笑いながら「私たちってことごとくすれ違っていたのね」と言ったけれど、湊はなんと言っていいかわからなかった。

「ごめん。たくさん傷つけた」

「私もごめんなさい」

「でも恵茉が好きなのは本当だ。だから信じて」

「うん」

許し合って、向き合って、信じ合って、一緒に過ごしていく。

ようやく手に入れた大事なものを失わずに済むように、湊は改めて決意した。

＊＊＊

明け方まで激しく抱いて、ショッピングモールまで連れ出して、たくさん傷つけて泣かせた。

終わるかもしれないと覚悟していたから、彼女が自分の部屋にいて腕の中にいることに現実味がない。無理させずに寝かせたほうがいいと頭ではわかっていても、彼女の存在がリアルだと実感したくてたまらなかった。

「恵茉……抱きたいんだけど」

二人でベッドに横たわって抱き合っていたけれど、湊は我慢できなくなって口にした。

いつもなら、ベッドに入ればすぐさま行為に持ち込んでいたけれど、セックスが激しいのは大事な恋人ではないからだ、なんて思われていたと知ったせいでためらってしまう。

恵茉は呆気にとられた表情をした後、少しだけ考える素振りをした。

「……かげんしてくれる？」

「最大限努力する。もうおまえが他の男のものにならないってはっきりしたから多分大丈夫」

湊が不安を抱いていたことに気づいたのだろう、恵茉がまた泣きそうになった。

それでも手を伸ばして湊の頭を優しく撫でてくれる。

「堤くんも、もう他の誰かのものじゃない？　私は二番目じゃないよね？」

「ああ、俺は恵茉のものだ。俺にとっては最初からおまえが一番だった。それより名前」

「え？」

「下の名前で呼んで。名字で呼ばれると、ただの同期に戻った気がして嫌だ」

セックスの最中に、命じた時にだけ呼ばれる名前。

彼女が名字で呼ぶたびに、遠ざかっていくようで嫌だった。こういうことを口にしていかないと、また自分たちはすれ違ってしまう。

恵茉は戸惑い気味に瞳を揺らして、恥ずかしそうに「湊」と小さく呼んだ。

「恵茉、恵茉……好きだ。好きだよ」

「私も湊が好き」

キスをしてできるだけ暴走しないように抑えながら、湊は恵茉の服を脱がしていった。


今までは彼女を抱きたい欲と、体で引き留められたら、なんてずるい感情でセックスをしていた。気持ちよくさせてすぐに帰れないように、可能ならば他の男を選ぼうなんて気を失くすために。湊は恵茉にキスを繰り返しながら自らに言い聞かせる。

大丈夫、彼女はもう一人で帰ったりしない。今夜もまた湊の部屋に泊まるし、ともに朝を迎えて明日も一緒にいられる。もう他の男の元へいつ行ってしまうかなんて考えなくていい。

恵茉のふわりとした長い髪がシーツに広がった。胸の下まである髪はさらさらしていて綺麗だ。なにより自分と同じ香りがするのがいい。

もし彼女が気に入ってくれたら、兄の店で使っているシャンプーを使ってもらえないだろうかと思った。そうすれば自分のもののような気になれる。

（俺……結構独占欲強いのかな）

全身にキスを落としながら、吸いついて痕を残す。恵茉は「なんでそんなに？」と呟いたけれど、すぐに体は反応してただ小さく体を震わせた。

綺麗な胸の形を自分の手で変えていく。喘ぎを漏らす唇を塞いで舌を絡めつつ、胸のやわらかさも楽しむ。舌が絡み合うたびに唾液があふれ、湊はそれを飲んだり逆に恵茉に飲ませたりした。

胸の先に触れればそれはすでに硬く尖っている。指先でつまんだり、こすったりしながら恵茉の弱い場所を探っていった。

片方を指で擽り、もう片方は舌で転がす。

「ひゃんっ……んんっ」

高く甘ったるい声が漏れて、湊は声があがる場所を執拗に追い詰めていった。

指でこするごとに乳首は膨れ、唾液塗れになれば赤く色づく。綺麗な胸がだんだんいやらしく変化していくごとに声が断続的に響きだす。

「やんっ……胸ばっかり」

「でも、気持ちよさそう」

ちゅっと強めに吸いつけば、恵茉の体が大きく跳ねる。吸い上げてもなにも出てはこないけれど、なんとなく甘い味がする気がして、湊は舌でくるんでそこを嬲った。

「あんっ……んんっ」

胸が卑猥に突きだされ、恵茉は軽く達する。見れば涙目で切なく見つめる彼女がいて、一気に愛しさが膨れ上がった。

「恵茉、胸だけでイった？」

「バカッ」

「いやらしい。でもかわいい」

そうだ。セックスの時だけ彼女はこんな風に言い返してくる。幼さを滲ませる反応がいつもの彼女と違って、そんなギャップも好ましかったのだと思った。

脚の間に手を差し込めば濡れた感触がある。中に指を入れずともそこはすでに蕩けて、中からいやらしい蜜がこぼれていた。湊はあふれたものをその表面に塗りたくる。

浅い襞をなぞり、彼女の形を確かめた。一番敏感な場所は避けてその周囲だけに何度も触れる。蜜まみれのそこは湊の指の動きをスムーズにした。

「あっ……やっ、湊っ」

「びしょぬれ、どんどんあふれてくる。ああ、ここもひくつきだした」

蜜がこぼれてくる場所が自ら口を開きかけている。これなら最初から指が数本入りそうだ。けれどまずは外側を攻める。

湊はくるくる指を動かしながら、触れずにいた場所へと近づけていった。

「ああっ！」

そこはすでに存在を主張していて、湊の指先がかすっただけで恵茉は一際高い声を発した。恵茉は声を抑えようと手で口を覆う。

「恵茉、声は抑えるな。聞かせて」

「やっ、あんっ……湊っ、ああっ」

すっかり形を露わにしたそこを湊はゆるやかに撫でまわした。恵茉の腰が揺れて何度となく跳ねる。

最初は痛みが伴うその場所も、一度目覚めてしまえばどんな刺激も受け止める。

恵茉の肩を抱き寄せて胸の先をいじりながら、もう片方の手で敏感な芽に触れた。

まるでそこからも蜜があふれだしたようで、湊の指先はひどく濡れている。上下に弾いたり、軽くつまんだりひっぱったりしながら、恵茉の表情を観察した。

痛みはないか、どこで感じるのか、どうしたら乱れるのか。

「湊！　やぁ、私っ」

「イきそう？　まずはここでイけよ」

繊細に緩やかに動かしたほうが高まるようで、恵茉は両脚をつっぱらせて甘ったるい声をあげた。潤んだ眼差しで縋るように湊を見つめる。頬を染めて快楽に耐えたいのにできずに達する表情を湊はしっかりと焼きつけた。

「恵茉……イけたな。じゃあ、次はここ」

「やっ、もぉいいからっ!!」

「今夜はおまえを気持ちよくさせたい。いっぱい喘いで、いっぱい濡らして、乱れろよ」

恵茉の体の震えが落ち着く直前に、湊は指を数本いきなり奥まで入れた。

そのままですでに知り尽くした恵茉の弱い場所を強めにこすりあげる。中は蜜であふれていて、指を入れただけでどっと外へと流れてきた。

恵茉が、ぎゅっとシーツを握る。

「恵茉、そんなところ握らずに背中にまわせ」

気づいていた……恵茉がいつもぎゅっと拳を握り締めていたのには。

一緒に眠らない、朝を迎えない、その理由を聞いた時に、ああそういえば彼女の手が自分の背中にまわることも、しがみついてくることもなかったと思った。

きっとそれも同じ理由だろう。

恵茉が戸惑うように瞳を揺らす。快感とは違う泣きそうな表情から恵茉の迷いが見えた。

「恵茉。俺にしがみつけ」

恵茉の手をとり背中にまわすように誘う。恵茉はそっと湊の背中に触れた後、ぎゅっと抱きついてきた。

「あっ……はっ、ああんっ」

すぐさま指を出し入れする。中をかきまぜるように襞(ひだ)の感触を味わい、あふれた蜜をかきだした。蜜の音がいやらしく部屋の中で響く。重なるように届く恵茉の声も一緒に。

「湊！　また、またきちゃう」

「ああ、こいよ」

「やだっ、怖いっ……湊！」

「大丈夫。恵茉、いっぱい乱れて」

しがみついてくる体を抱きしめて、湊は激しく指を動かした。幾度(いくど)となく達しているためか、多少激しくしても痛みはないようだ。

「湊、湊！」

腕の中で恵茉が叫ぶ。名前を呼ばれるたびに求められる気がして、湊はためらうことなく彼女を追い詰められる場所を抉った。

中と外を同時に押さえつけると、恵茉が叫び声をあげて大きく体を揺らす。

シーツに飛び散る蜜の行方を目の端にとらえながら、湊はそのまま深くキスをした。


指と舌で何度もその場所をいたぶる。

恵茉は、「やだ、湊。もぉいれて」と誘惑する言葉を吐くけれど、自身もその願いを叶えてあげたいほど張り詰めているけれどあえて耐えた。

先走りの液がとまることなくこぼれているのも感じる。でも今はただ、なにをしてもどこに触れても感じて喘ぐ恵茉の姿を目に焼きつけたかった。

恵茉はただ泣きながら縋りつく。達する時に背中や首のうしろにまわった腕に力が入って、まるで頼られているような気分になる。

恵茉が耐えかねて、湊に手を伸ばした。ぎゅっと握られて、さすがに限界を感じ取る。

「恵茉、待て」

「嫌……もぉ、やだ意地悪しないで」

こういう口調がたまらなくかわいい。普段絶対口にしないから、こんな時にしか聞けない。

「意地悪じゃない。避妊するから」

「……して、早くして」

湊が避妊具をつけると、たまりかねた恵茉が湊の体に自ら跨ってくる。

座位の姿勢になって彼女の腰を支えて、恵茉が自ら腰を沈めていくのを見つめた。

濡れそぼったそこはスムーズに湊を受け入れる。温かい中に導かれると、湊はそのまま奥を突いた。

「ひゃっ……あぁっ！」

恵茉が即座に達する。同時にぎゅっと強く締めつけられて湊も思わずひきずられそうになった。

「はっ……あぶね」

揺らぐ恵茉の体をしっかり抱きしめて、少しだけ熱を逃す。なめらかな背中をさすり、胸と胸が触れるようにくっついた。

恵茉の体は腕の中でずっと震えている。

汗と涙で頬にはりついた髪をよけて、湊は唇を塞いだ。ゆっくりと舌を絡ませる。恵茉も反射的に舌を伸ばして、繋がったままキスをした。

「好きだ、恵茉」

言った瞬間、恵茉の中がふたたびぎゅっとうねる。同時に己も膨らんだ。

恵茉の目を覗き込んで、湊は言い聞かせるようにもう一度言った。

「好きだよ。セックスめあてじゃない、浮気相手じゃない。おまえは俺の一番大事な存在だ」

体は繋がっても、心は遠かった。

だから深い場所で繋がっている今、心も同じように繋がりたい。

「信じて。恵茉が好きだ」

祈るように、願うように、本心がきちんと彼女に伝わるように。

「私も湊が好き。ずっと湊の一番になりたかった」

「ああ、永遠に一番だ」

深くキスをしながら湊は、恵茉の一番深い場所に想いを重ねて解き放った。

第三章

子どもの頃は、未来が明確にイメージできていた。

小学校の次は中学校へ進み、高校へ進学、その後は大学か専門学校に通って、そして就職——そうやってみんないずれは大人になる。

大人になったら毎日仕事をして、休みの日はゆっくりして、そして誰かと出会って恋をして、うまくいけば結婚する。

人それぞれ歩み方は違っても、人生のレールはみんな似たようなものだ、そう思っていた。

でも実際大人になると、数日後の未来さえ予想通りにはならないのだと知った。

そして今まさに恵茉は、予想もしなかった日々の中にいる。

三連休前に久しぶりに実施された同期会。

それをきっかけに、たった数日の間に同期の堤湊との関係は大きく変わった。

それまで恵茉は、自分は湊の浮気相手だと思っていた。

けれどお互い様々な誤解とすれ違いをしていたのだと気づかされ、そして両思いであったことを知った。

気持ちが通じ合った直後こそ、両思いになれた幸せを噛み締めていた。

けれどそんな幸せな気分は、数日前から社内で広まり始めた湊の噂のせいで褪せ始めている。

恵茉世代は今、結婚ラッシュの最中のため独身男性が減っている。そんな中で結婚相手有望株の筆頭があの男なのだ。

恵茉はふと、昼休みのパウダールームで耳にした噂を思い出した。

「海外事業部の堤さん、S社の子と別れたみたい」

「えー、この間仲良くランチに行ったたって噂流れてなかった？」

「そうなんだよね」

「どんな人だったら堤さんと結婚できるんだろうね」

「私たちじゃないことは確かだよー」

恵茉は複雑な気分で彼女たちの話を聞いていた。

相変わらず女子社員の注目の的なのだと思うのと同時に、どうしてこんなにすぐに噂になって広まるのだろうと疑問にさえ思う。

付き合い始めることになって、恵茉は湊に社内ではバレないようにしたいとお願いした。

湊は訝しげに『なんで？』と聞いてきたので、『社内で噂になりたくない』『公私混同したくない』ともっともな理由を挙げて説得したのだ。

湊は不満と落ち込みが入り混じった様子だったけれど、渋々受け入れてくれた。

だから彼の噂話を聞くと、内緒にしてよかったとは思うのだ。

今さら、社内の同期の女と付き合い始めたなんて知られたら、それこそどんな噂が流れてしまうか。

恐ろしすぎて想像さえしたくない。

付き合い始めても、いつか別れるかもしれないという不安はどんな恋人同士でも抱えるものだろう。

けれど人には言えない始まり方をしたせいで、湊との関係が続くかどうかの不安とともに、続けていいのだろうかという罪悪感が時折恵茉の中で芽生えてしまう。

それはきっと自分の弱さが犯した過ちの代償なのだろう。

（だから知られないほうがいい、そうすればたとえ別れても誰にも知られずに済む）

いつか終わるかもしれないのなら、この恋は誰にも知られないほうがいい。

社内恋愛を秘密にしたい言い訳をどんなに取り繕っても、恵茉の本音はおそらくそこにある。

あの後しばらくして湊は一週間ほどの海外出張が入った。それから仕事が忙しくなったため最近はあまり会えていない。メッセージのやりとりはしているものの、同期の延長線上のような内容だ。

以前の自分たちの関係に戻った感じがして、付き合い始めた実感が薄い。

そのせいで恵茉の思考はどうしてもうしろ向きになってしまう。

恵茉は頭を軽く振ると、噂話を頭から消して仕事に集中した。

いつか終わるとわかっているのに関係をやめられない。

浮気相手だった時も恋人になってからも、結局は同じなのだとぼんやり思った。


仕事にちょうど区切りのついた夕方、スマホが振動して恵茉はアプリを開いた。

送り主は中野啓一だ。

昨夜彼から久しぶりにメッセージが届いた。いつもの食事の誘いに、恵茉は断りの返事をした。

もちろん曖昧（あいまい）なものではなく『ある方とお付き合いすることになりました。今後お食事に行くことはできません。申し訳ありません』といった内容だ。

それに対しての返事が今届いたのだ。

恵茉は身構えつつ啓一からのメッセージを読んで宙を仰いだ。

『残念ですがわかりました。どうぞお幸せに』

責められる覚悟もしていたのに、すんなりと身を引いてくれた潔（いさぎよ）さに恵茉はほっと息をついた。

彼とはキスもセックスもしなかった。

でもともに何度か食事をして、手を繋ぐぐらいのことはした。そして一緒に過ごす時間が増えるごとに、彼の中にも恵茉と似た戸惑いがあることに気づいた。

彼の心にも、忘れられない大事な人がいるのではないか――

だからはっきりと言葉にしない。性的な関係に進まない。

それでもどこかで救いを求めているから恵茉を誘うのだろうと。

自分と同じだと思った。

だからこのまま傷の舐め合いのような関係を続けるのもいいかもしれないと思った。

結局また『二番目』になるのかもしれないけれど、そのうちもしかしたら『一番』になれるかもしれない。そんな恵茉の打算にはきっと彼も気づいていた。

だからいきなり『他の人と付き合うことになった』と告げても、あっさり終わらせてくれたのかもしれない。

「早川」

名前を呼ばれて、恵茉はフロアの出入り口を見た。

大谷翔はにこにこしながら恵茉を手招きする。恵茉はスマホを机に伏せると翔に近づいた。

「仕事終わった？」

「まあ、だいたい」

「少し出られるか？」

わざわざそう言うのだから、仕事に関することで来たわけではないのだろう。

こんな風に呼び出されるのは久しぶりだなと恵茉は思った。昔は亜貴と喧嘩をするたびに仲直りの仲介を頼みに、恵茉をこうやって呼び出していた。

どんな用事があるのかわからないけれど、悲愴な顔つきではないから亜貴と喧嘩したわけでもなさそうだ。

恵茉は頷くと、翔の後をついていった。

翔はカフェスペースではなくエレベーターへと向かっていく。

「大谷くん、どこへ行くの？」

「いいから、こっち」

一緒にエレベーターに乗り込むと、翔は役員フロアのある階のボタンを押した。

「役員フロアに用事？」

「いや、役員フロアのカフェスペースに行こうと思って」

そういえば、役員フロアのカフェスペースは、他とは種類の違う飲み物があるし、雰囲気も他と違って穴場だという話を聞いたことがあった。だからといって実際エレベーターに乗ってわざわざここを訪れたことはない。

エレベーターを降りるとタイルではなく絨毯張りの廊下があった。見るからに重厚な扉が並び、しんと静まり返っている。中に人がいるかどうかもわからない。

なんとなく脚を踏み入れてはいけない空気が漂っているのに、翔は堂々と歩いていく。

「早川、もしかしてここ来るの初めて？」

「役員フロアなんて基本用事がなければこないわ。本当に一般社員も利用していいの？」

「禁止はされてないよ」

禁止されていないのと利用していいのは別な気がするが、翔の解釈だとそうなるのだろうか。

廊下の突き当たりを曲がると、ぱっと視界が開けた。

全面ガラス張りの向こうに上層フロアならではの景色が広がっていた。ちょうど日が沈みかけている時間帯のため、ビルの隙間から差し込むオレンジ色の光が眩い。

「すごい……綺麗」

まるで高級ホテルのロビーのように、革張りのおしゃれなソファが並び、自動販売機もシックな色合いで階下とは異なる種類の飲み物が並んでいる。

なにより、遮るもののない景色は圧巻だった。一瞬会社であることを忘れるほどだ。

「俺はここでよく亜貴と逢引していた」

「……そう、なんだ」

どう反応すべきか悩んで恵茉は肯定するに留めた。

社内で逢引しようと思うのも、そこで役員フロアを利用するのも、この二人ならではだと呆れつつも感心してしまう。

そして少しだけ、羨ましいと思った。

わずかな時間でも会いたいと思えば、彼らは時間と機会を作って実現させる。

「この時間は特にいいよ。役員の皆様はだいたい帰っているし、誰もわざわざ上ってこないからな」

翔は眼下の景色を眺めながら、亜貴との逢瀬を思い出すかのように淡い笑みを浮かべていた。

「それで？　思い出の場所を教えるために呼んだの？」

「土曜日うちに来るんだろう？」

いきなりそう切り返されて、戸惑いつつも恵茉は頷いた。

ようやく亜貴も落ち着いたようで「よかったら赤ちゃんに会いに来て」と誘われたのだ。

本当はもう一人の友人と都合をつけて行く予定だったが、それこそ数日前にはずせない用事が急にできたとかで来られなくなった。仕切り直そうという話も出たけれど、いつまた機会があるかわからないため、今回は恵茉一人で行くことにしたのだ。

「どうしたの？　もしかしてダメになった？」

そう聞きながら、だったらわざわざ翔が伝言を届ける必要はないなと思い直す。

「その日、湊も誘った。だから二人で一緒に来いよ」

窓に寄りかかって翔は静かな口調でそう言った。

外の景色を見つめていた目が、ゆっくりと恵茉を捉える。

「そう、なの」

恵茉はなんとか言葉を紡ぎだした。心臓が急激に音を立てる。落ち着けと自らに言い聞かせて、恵茉は動揺を隠した。

翔と湊は仲がいい。だからついでに翔が家に呼ぶのもわかる。湊も来るのだと恵茉に教えるのはおかしいことじゃない。

だが、あえて『二人で一緒に』とまで言う必要があるだろうか。

恵茉は笑みを浮かべようとしたけれどうまくいかなかった。

同期の中でも貫禄（かんろく）があり常にリーダーシップをとるこの男は、ふざけた言動も多いけれど、それも彼の計算上のものだ。

――翔は、湊と付き合い始めたことを知っている？

「堤くんからなにか聞いたの？」

恵茉はどう捉（とら）えられても構わない聞き方をした。

翔はふっと口元を緩める。それだけで恵茉の誤魔化しなど通用していないのがわかった。

こういう翔と対峙するのは嫌だなと思う。なんでも見抜いて、逃げ場がないように追い詰めてくる。亜貴はよく、この男を選んだものだ。

「なにも。あいつからはなにも聞いていない」

内緒にしてとお願いしたのだ……それを湊が破るとは思いたくない。

「でも俺がわざわざ開いてやった同期会を無駄にはしなかったようだからな。連休明けのあいつの顔を見ればまあ聞かなくても丸わかりっていうか。いやー、俺絶対無理だと思って残念会の計画もたてていたんだけど」

翔はにこっと歯を見せて無邪気に言った。

本当に亜貴の旦那でなければ、同期でなければ避けたい相手だ。恵茉は翔の言った台詞（せりふ）をなんとか分析する。

翔はわざわざ同期会を開いたと言った。――つまりあの日の同期会の開催自体がそういう意図を含んでいた。湊がなぜ恵茉を部屋にまで連れ込んだのか。どうして翌日もショッピングモールに誘ったのか。

そもそも翔が持ってきた日本酒……さらにこの男は啓一と二人で歩いているところを見て、そろそろ本気なのかと聞いてきて、それを湊も見たのだと告げて。

(それってなにもかも知っているってこと!?)

翔が役員フロアまで連れてきた理由がわかった。

そして翔は妻に秘密は持たない。

「亜貴もわけがわからなーいってぼやいていた」

「私……」

「俺たちが知っているのは湊と早川が付き合い始めた事実だけだ。きっかけとかそんなもんも知らない。それにおまえらの付き合いを誰にも言うつもりはねーよ」

恵茉の怯えを見抜いたかのように翔はすぐにそう続けた。

だから安心しろと言いたげに優しい目で恵茉を見つめる。

「社内恋愛の醍醐味も大変さも経験してきた俺らのほうが先輩だ。逃げ場があったほうが楽だって知っている。亜貴だって随分早川には助けられた。俺だって湊に支えられた。俺たちが結婚できたのはそういう支えてくれる人が近くにいたからだ」

「大谷くん……」

「だから今度は俺らが支える」

彼らがなにをどこまで知っているのかはわからない。ただ知った上で彼らは、敵ではなく味方なのだと言ってくれているのだろう。

「湊にもここは教えておくから……逢引の際にはぜひご利用ください。ちなみに資料室はやめたほうがいいぞ」

翔はきっとあえて冗談を言ってくれたのだろうけれど、恵茉はうまく笑うことはできなかった。

いつのまにかオレンジ色の余韻は消え、景色は薄い闇に包まれていた。

＊＊＊

翔と話したその夜、湊から『土曜日に俺も翔の家に行くことになった』とメッセージがきた。どうしてそんなことになったのか問いただせば『金曜日の夜に家に来て。その時に詳細は話すから』と言われ、恵茉は仕方なくそれまで待つことにした。

そして迎えた金曜日。最初は夕食を一緒にできればと言っていたけれど、結局彼は仕事が忙しいようで、食事を済ませて泊まる準備をして約束の時間に湊の部屋に来た。

「恵茉！」

玄関のドアが開くなり、湊が飛びついてくる。

「ちょっ……堤くん？」

「会いたかった。まじでおまえが足りなかった。ああ、恵茉の匂い」

まさかこんな歓迎を受けるとは思わずに、恵茉はされるがままに玄関先で湊に抱きしめられていた。

そしてあろうことかいきなり唇を塞（ふさ）がれる。すぐに唇を割られ強引に舌が入り込んできた。

両手に荷物を持っているため、抵抗もできずに恵茉はキスを受け入れる。

「ちょっと、待って！」

「キスだけ……せめてそれだけでも今すぐ味わいたい」

「荷物！　重いから」

訴えれば、湊は恵茉の手から荷物を奪って床に置いた。そしてふたたびキスをしてくる。

湊に抱きしめられて、ああ、この腕だとこの感触だと思った。

どこか気持ちが通じ合ったことが夢みたいなところがあったのに、今こうして求められるとあの日を鮮明に思い出す。

湊の舌は恵茉の口内を探るように動く。歯の裏や舌の付け根にまで伸びて触れてきた。互いの唾液が混じり合い、どちらともなくそれを飲み合う。

不意にセックスよりもキスのほうがハードルが高い、なんてインターネットの記事が蘇（よみがえ）った。

互いの舌を舐め合って、唾液を飲むなんて冷静に考えたら確かに卑猥（ひわい）だ。

だって触れ合っているのはこの場所だけなのに、全身に痺（しび）れが走る。敏感な場所が自然に目覚めて、恵茉の奥からは蜜が生まれる。

湊はキスをしながらも、恵茉の髪に指を絡めたり、お尻に触れたり、胸を揉んだりする。

このままだと玄関先で脱がされそうな気配があって、恵茉はなんとかキスから逃れた。

「恵茉？」

名前を呼ぶ声が熱っぽい。ゾクゾクする声音に流されそうになる。

「キスだけって言った」

「はあ……そうだった。おまえを前にするといつも理性がぶち切れる——もう逃げないってわかっているのにな」

湊は脱力したように腰を落として座り込んだ。

「堤くん？」

「名前……呼べよ」

拗ねた口調がかわいくて、恵茉は「ごめん、湊」と呼んだ。


部屋に入るとなんとなく散らかっている。汚いわけではないけれど、物が出しっぱなしのようだ。ソファに置かれたシャツやネクタイ。テーブルの上にたまった郵便物。キッチンの周囲にも食器が出たままだ。

「悪い。おまえが来るまでに片づけようと思っていたのに、できなかった」

見れば湊はまだシャツとスラックス姿だ。もしかして仕事から帰ってきたばかりなのかもしれない。

「ずっと仕事忙しかったんだもの。いいよ、一緒に片づけよう。夕食は食べたの？」

「まあ、適当に」

「大丈夫なの？」

「正直バテてた。でもおまえに会えたら元気出た。ごめん。なかなか会えなくて」

恵茉は首を横に振った。そんな風に言ってもらえたことに胸が熱くなる。

これまでは湊がその気になった時にだけ誘われる関係だったのに、今は会えなかったことを謝られている。

それだけでやはり特別な関係になれたのだなと実感できた。

恵茉は綺麗な食器は棚に戻して、汚れた食器を洗った。湊は洗濯物を選り分けたり、散らかったものを元の場所に戻したりしていた。

「恵茉。風呂はどうする？」

部屋が片づいた頃、そう声をかけられた。

「私はシャワー浴びてきた。だから大丈夫」

「じゃあ、俺急いで入ってくる」

湊がバスルームに消えたのを見て、恵茉も自分の荷物をリビングの端に置いた。

そしてパジャマ代わりの部屋着に着替える。

女の気配の一切ない空間。

でも、恵茉と同じようにこの部屋を訪れた女はいたはずだ。ソファに座って一緒にテレビを見て、お酒を飲んでキスをする。

男の部屋に来ると、歴代彼女を勝手に想像してしまう。

痕跡を探り、想像し、今までの恋人と自分を内心比べているかもしれないと疑う。

それはきっと恵茉の悪い癖だ。

だから男の部屋に来るのは苦手だ。

かといって自分の部屋に来られるのも嫌で、恵茉自身は今まで付き合った男を家にあげたことはない。

「恵茉。テレビでも見てればよかったのに」

まだ濡れたままの髪をタオルで拭きながら、湊がバスルームから出てくる。片づけを一緒にしていた時は疲労が滲んでいる様子だったけれど、お風呂に入って少しリラックスできたようだ。

「そうだ。忘れないうちに渡しておく。できあがりは早かったのになかなか受け取りに行けなくて」

リビングテーブルに音をたてて鍵が置かれた。

「スペアは実家に預けているから新しく作った。今夜みたいに俺の仕事の都合で、遅い時間に来させるのは心配だから」

「私が持っていていいの？」

「そのために初めて作ったんだけど」

「初めて？」

恵茉が呟くと、湊があぁと気づいたような表情をした。

「この部屋に女入れたことないから」

「え？」

「ここに連れ込んだのはおまえが初めてだよ。つまり合鍵渡すのも人生初だな」

そうして湊は恵茉に腕を伸ばすと、自分の膝の上に抱き上げる。急にそんなことをされて慌てて湊にしがみついた。

初めて……その言葉がじわじわと恵茉の中に染み渡る。

「それからおまえが翔に会ったって話を聞いた後、俺もあいつに全部話したから」

いきなり本題に入られて、恵茉はびっくりして湊を見た。

「全部って？」

「男と別れたばかりの傷心のおまえにつけ込んで、浮気相手にしていたこと。そのうち本気になったけど、なかなか告白できなかったこと。俺たちが誤解してすれ違っていたこと。それでどれだけおまえを傷つけていたか、全部」

恵茉の髪をすきながら、湊は淡々と告げる。

翔はなにを知っているのか、湊がどこまで話したのか気になっていた。

確かにこうして聞くと、湊は全部を翔に話したようだけれど、この場合どういう言い方をしたのかのほうが問題なのだ。

この内容だと、湊はおそらく悪いのは自分だと、非は己にのみあると言ったに違いない。

「それって、あなただけが悪者になったんじゃないの？　私だって」

「おまえの友人にはおまえの口から話せばいい。真実を語っても嘘をついても俺は構わない。ただ翔には俺が説明しただけ。あいつが妻にどう話すかはあいつ次第だ」

戸惑いを、見抜かれていたのだと思った。

だから湊は先手を打ったのだ。先に暴露することで自分が悪者になるように、彼らに最初にそういう印象を持たせるために。

湊との交際について、友人である亜貴にはできれば話したくなかった。

恋人がいると知っていて誘いに応じて、浮気相手になったなんて……軽蔑されても仕方がないことだからだ。最悪友人関係が壊れるかもしれない可能性も考えていた。

だから本当は、明日彼らの新居を訪問するのは気が重かったのだ。

亜貴にも赤ちゃんにも会いたいと思う。会って、おめでとう、頑張ったね、と伝えたい。

でも、湊と付き合い始めたことをうまく説明できない気がした。

「翔には罵られたよ。おまえはバカだって怒鳴られた。なんでおまえは幸せオーラ全開なのに、早川はそうじゃないんだって。うまくいったんなら、うちには一緒に来てもらえばいいと思って二人とも誘った。おまえらのことを俺は知っているから安心しろよって言うつもりで匂わせたのに、早川は怯えていたぞ、って。どういうことかちゃんと説明しろって」

ああ、やっぱり翔には、交際を知られたことへの怯えを見抜かれていたのだ。

だから最後明るく振る舞って、あんな冗談を言ったのだろう。

湊が恵茉の頭を胸元に引き寄せた。恵茉は泣かずに済むように目を閉じる。

湊は幸せそうなのに、自分はそうじゃないなんて……湊にだって知られたくなかったのに。

「後悔しているか？」

低く硬い声が恵茉の頭上に落ちる。まさしく後悔に満ちたような響きが恵茉の心もずしりと重くする。

後悔している？　なにを？

最初の夜に誘いにのったこと？

そんな関係をずるずる続けたこと？

最初から叶わないとあきらめて行動も起こさず、他の男に逃げたこと？

それとも……好きだと気持ちを告げて、新しく関係を始めたこと？

後悔なんてたくさんしている。

堂々と人には言えないようなきっかけで始まった恋。

「俺は後悔している」

湊の言葉に恵茉は大きく震えた。

そうだ、後悔しているに決まっている。

湊はこつんと恵茉の肩に額をつけた。

「俺はおまえのことを知らなすぎた。勝手なイメージで無理だとあきらめて、手にすればこんな女だったのかと落ち込んで、それでも欲しくて誘った。おまえがなにを思って、どう感じているかわからなくてもどかしかったのに、知ることからさえ逃げた」

くぐもった声が、彼の後悔をひとつずつ語っていく。恵茉は彼の背中を抱きしめながら、自分も同じだと思った。

「あんな始め方するんじゃなかったって！　浮気相手になんてするんじゃなかったって後悔している！」

「それは！　私だって」

湊だけが悪いわけじゃない。

恋人がいるとわかっていたのだから、誘いに応じなければよかったのだ。

体だけでもいいなんて、まるで健気（けなげ）のように一見思えるけれど、むしろ卑怯な考え方だった。

だからこの後悔はおそらくずっと抱えていくのかもしれない。

「でもおまえとこうなったことだけは後悔していない。たとえ、おまえがどれだけそれに苦しんでも」

「堤くん……」

「おまえすぐ戻るな、呼び方」

「ご、ごめん」

「いい。どうせそれも俺がしてきたことへの弊害（へいがい）だ」

優しく頬を撫でられて、恵茉は自分が泣いていることに気づいた。

「あ……違う、違うの」

泣くなんて卑怯だ。それなのに一度出たら止まらなくなった。

苦しんでも――そう言葉にされて、抱えていたものに名前がつく。

後悔、罪悪感、疑心暗鬼、不安、嫉妬……いろんな感情が行きつ戻りつしていた。でもそれは自分でなんとかすべき類のものだ。

「いい、泣いていいんだ、恵茉。俺の名前を呼べないのも、自分からは絶対に連絡してこないのも、会いたいなんて言ってこないのも、俺との関係が知られることに怯えるのも――俺の気持ちを信じられずにいるのも、全部俺のせいだ」

「違う！　湊のせいじゃない」

「俺のせいにすればいいのに……おまえが楽になるなら、むしろそうしてほしいのに。大事な女を怯えさせて苦しめるだけの付き合いなんて、翔じゃなくても反対する」

涙でぼやけた視界に、自虐的に笑う湊が映った。

反対されたのだろうか……そして自分は亜貴に批難されて反対されて、それで湊との関係をやめられるだろうか。

（やめられるわけない。ずっとやめられなかったから、こうなった。こうなれたんだもの）

「でも俺は手放さない。誰になにをどう言われたって、それでおまえがどれだけ苦しんだって手放さない」

たとえ反対されても、批難されても、それで友人を失うことになっても。

――湊は失えない。

「私は……たくさん苦しんでも、後悔しても、湊のそばにいる」

唇が優しく重なった。

＊＊＊

翔と亜貴の新居は湊のマンションから数駅しか離れていなかった。

けれどその数駅で、ぐっと街の雰囲気が落ち着いたものに変わる。このあたりはちょうど建て替えラッシュの最中で、古いビルが解体されて新しいマンションが建ったり、広大で古いお屋敷が住宅街に変わったりしているらしい。

今夜は鍋をするから、と聞いていたので、飲み物やつまみ類やデザート類を、新居の最寄り駅の中にある高級スーパーで購入した。

湊との関係を知った亜貴に会いに行くのは、少しだけ怖かったけれど、今は穏やかな気持ちで向かえている。

たとえどんな反応をされても、結局恵茉は湊をあきらめることはできない。

そう自覚したら覚悟が決まった。

「駅の中にスーパー、駅から徒歩十分圏内。この学区はあそこだったかな。あいつ随分頑張って選んだみたいだな」

お互い片手に買い物袋をぶらさげて、もう片方の手を繋いで歩いていた。

思えば手を繋いで歩いたことはなかった。まともなデートをしていないせいでもある。

だからか手を繋ぐだけでなんだか気恥ずかしい。

買い物袋を片手に、手を繋いでファミリーマンションに向かうカップルなんて、誰かに見られたら誤魔化しようがない場面だ。

「亜貴の実家にも小児科にも近いって言っていた。大谷くんに任せたみたいだから、たくさん考えたんじゃない？」

「おまえは？　このあたり住んでみたい？」

「このあたりはファミリータイプばかりだって聞いたよ。それにワンルームがあっても家賃高そう」

湊と沿線が同じだから会社への通勤も問題はないだろう。雰囲気も落ち着いていて環境はよさそうだ。でも自分が住むには少し贅沢(ぜいたく)だ。

「……おまえ、それわざと？」

「え？」

呆れたように言われた後で、湊が本当はなにを言いたかったのか気づく。

「え？　え？　え？」

湊は肩をすくめた後、繋いでいた手を離してスマホを取り出した。地図アプリを開いて新居の場所を確認する。

そして白い真四角のタイル張りの低層マンションを見つけた。

周囲が戸建てに囲まれているので、あえて街並みを壊さないように低層で建てられたのだろう。

さらに一戸の部屋は広いようだ。

「あいつ……生意気だな」

今度はすぐに湊の意図がわかった。

そしていかにも高級そうなエントランスで部屋番号のボタンを押した。


エレベーターを降りると内廊下に出る。

アルコーブは広くとられていて、そこにはベビーカーが置かれてあった。それだけで、ああ二人は家族になったんだなと思う。

「恵茉、久しぶり！　来てくれてありがとう」

「亜貴、おめでとう。こちらこそお招きありがとう」

「堤くんもいらっしゃい」

「おじゃまします」

亜貴の台詞（せりふ）は意味深に響いたけれど、恵茉は気づかないふりをした。

エントランスも広くシューズインクローゼットらしき扉がある。外観のイメージ通り内装もハイグレードだ。

亜貴に案内されてリビングに通された。

「よう、お二人さんよく来たな」

キッチンから翔がそう声をかけてきた。湊は恵茉が手にしていた買い物袋を持つと、それをカウンターに載せて「土産だ」と言った。

それ以外の荷物をソファに置かせてもらって洗面室で手を洗う。

そしてリビング横の明るい和室に向かった。

和室にはベビーベッドの代わりに、畳の上に直接ベビー布団が敷かれ、そこには水色の毛布にくるまれたかわいらしい赤ちゃんがいた。

布団まわりには、木のおもちゃが入れられた籠。

ベージュのチェストの上には、恵茉たちが出産祝いに贈ったオムツケーキが飾られてある。

その横に、生まれたばかりの赤ちゃんを抱っこする出産直後の亜貴と翔の初めての家族写真があった。

ご機嫌に起きている赤ちゃんを亜貴が抱き上げる。恵茉はそっと顔を覗き込んだ。

「かわいい。どっちかっていえば、亜貴に似ているかな？」

「よかったな、翔に似なくて」

湊も同じように顔を覗き込んでそんなことを言った。

「ほら、おじちゃんにご挨拶だよー、颯」

「うわっ、待てよ！」

亜貴が無理やり湊に息子を渡した。「首を支えてね」と亜貴に教えられながら、肩を強張らせ見るからに緊張した様子で湊は赤ちゃんを受け止める。

彼の手に抱かれるとますます小さく見えて、なんだか壊してしまいそうだ。

湊の手つきはぎこちないのに、赤ちゃんに向ける眼差しは見たこともないほど優しい。そしてこちらが照れてしまうほど、ものすごく甘い声で囁(ささや)いた。

無償の愛情を注げる相手を、翔に与えた亜貴の存在を神々しく感じる。

ぺたんとへこんだ彼女のお腹。そこから生まれた命。二人の愛の証(あかし)。

「恵茉、おまえも」

「え……うん」

おそるおそる湊から赤ちゃんを受け取った。ふんわりとミルクのような甘い匂いがする。

小さな手にはあたりまえだけれどきちんと爪もあって、やわらかな髪がふわふわしている。思ったよりもずっしりとしていて、恵茉は命の重みを感じた。

「かわいい……」

「ああ、かわいいな」

湊と目が合った。

きっと今自分たちは同じことを想像している。そんな視線が絡み合う。

「だって俺の子だからな！」

翔がすかさずそう言って、二人で思わず苦笑する。

「親バカはいいから！　颯がいい子なうちに食事にしよう。翔、準備！」

会社ではどんなに貫禄(かんろく)のある男でも家では妻の尻に敷かれているようだ。それは交際中から変わらない。

翔はすぐさまキッチンに向かって、亜貴は赤ちゃんをダイニングのそばに置いてあったハイローチェアに乗せた。

ゆらゆらと揺れるそれに横たわり、彼らの愛息はにこやかな笑顔を披露した。

夕食はカニ鍋だった。亜貴は冷凍ものだけどと言ったけれど充分贅沢だ。翔がせっせと亜貴のためにカニの身をほぐしていた。

湊は相変わらずこういう時は一切動かない。その代わりに赤ちゃんに常に声をかけたり、ガラガラを鳴らして遊んだりしていた。

恵茉は野菜を入れたり、鍋をよそったりはしたけれど、基本的には翔がマメに動いていた。

亜貴は授乳中なのでお酒は飲めない。

おっぱいが詰まるからとジュース類さえ飲まずに、ノンカフェインのものを口にしていた。

妊娠中から出産後の授乳の間のアルコールは禁止だ。亜貴は「飲まないうちに弱くなりそう」と翔が飲む姿を見て羨ましそうにぼやいていた。

どうやら普段は亜貴に合わせてアルコールを控えているようだが、今日はさすがに解禁されたらしい。そのためか湊が購入したアルコール類もどんどん消費されていった。

不安を抱いていた割に思った以上に楽しかった。

亜貴と久しぶりに話をして、妊娠や出産で大変だった経験談を聞いたし、恵茉は会社内の様子を教えた。

できれば一年後には仕事復帰したいと亜貴は望んでいる。保育所探しが順調に行けばいいけどとぼやいていた。

翔と湊もやはり仕事の話が中心になる。恵茉の知らないことも話していて、彼らが今どんな業務についているか、どうして最近湊が忙しかったか理解できた。

時々亜貴が授乳をして、翔がおむつ替えに行った。

翔に「おまえもいずれ必要になるんだから今のうちに練習しろ」と言われて、湊がおむつ替えに連行された時は亜貴と二人で笑った。

そして亜貴が赤ちゃんを和室に寝かせると、男二人は飲み足りないと言って、近くのコンビニまで買い物に出かけて行った。

恵茉は亜貴と一緒にテーブルを片づける。

キッチンには大きな食洗器が設置されていて、恵茉は亜貴に教わりながら食器を並べていった。

亜貴は入りきれなかったグラスを洗っている。

「恵茉って呼ばれているんだね」

いきなりそう切り出されて、彼女の言葉の意味が最初はわからなかった。

「堤くん……ものすごく自然に恵茉って呼んでいた」

できればなにも聞かれずに終わればいいと思っていた。でも、聞かれないわけがないとも思っていた。むしろここまでなにも聞かずにいてくれたことに感謝すべきかもしれない。

「ごめん……」

「なんで、なんで謝るの？　堤くんと付き合いだしたってことは、恵茉は彼を好きだったってことでしょう？　うまくいったんだから謝る必要ない。むしろ幸せそうにしてよ」

普通ならそうだ。

長くただの同期でしかなかったけれど、なにかのきっかけで付き合い始める。

きっとそんなのはよくあることだ。だから亜貴の言う通り、付き合えてよかったね、で終わる話。

でも自分たちのきっかけは普通じゃない。始まりを聞かれても正直には言えない関係だった。それは同じ女として多分、軽蔑（けいべつ）されても仕方がないことだ。だから会社の人には決して相談できなかった。亜貴には言えなかった。本当は知られたくなかった。

「大谷くんに聞いたんでしょう？」

恵茉は洗い終えたグラスを布巾（ふきん）で拭いた。きゅっといい音がする。

綺麗になったグラスをそっとカウンターの上に置いた。

「聞いた。堤くんの浮気相手だったたって」

本当に湊は翔に正直に話して、翔も亜貴にそのまま伝えたようだ。仲がいいと言うべきか、筒抜（つつぬ）けと言うべきか。

「……最低よね」

亜貴はタオルで乱暴に手を拭くと、いきなり恵茉の頬をつまんで横にひっぱる。

「いたっ」

「違うでしょう！　最低なのは堤くんでしょう！　私の大事な恵茉を浮気相手にして傷つけてきて。

苦しんだでしょう？　きつかったでしょう？　なのに私、全然気がつかないで、ずっと恵茉に支えられるばかりだった。ごめんね。話聞いてあげられなくて。ごめんね、恵茉、絶対苦しんだのに！」

亜貴が抱きついてくる。

彼女からは赤ちゃんと同じミルクの匂いがする。甘くて優しいお母さんの匂いだ。

なぜそんなことをしたのかと責められるのだと思っていた。軽蔑されることを覚悟していた。それなのに抱きしめられて、恵茉はますます申し訳ない気持ちになる。

「亜貴、悪いのは彼だけじゃないの。私も最低なのよ。堤くんに恋人がいるのを知っていて誘いに応じたの」

「好きだったからでしょう！　好きだったから拒めなかっただけじゃない！　好きな人から誘われたら……どんな女だって断れないわよ。誘った男のほうが悪いに決まっているの。堤くんのバカ！」

喜んではいけないかもしれない。

それでも嬉しかった。

亜貴が、恵茉の立場に立って考えてくれるのは友人だからだ。そして今、恵茉はそれに甘えている。

甘えてはいけないのだろうけれど……それでも少しだけ心が軽くなる。

「断れないほど、そんな関係続けるほど彼が好きだったなんて知らなかった。ごめん、恵茉」

「亜貴が謝る必要ない。私こそ言えなくてごめん。ずっと黙っていて、心配かけてごめんね」

「恵茉。お願い、自分を責めすぎないで。幸せになっていい。恵茉は幸せになっていいの」

「うん、ありがとう」

誰か一人、味方をしてくれるだけでこんなにも心は救われる。赦されたような気になる。

二人でぎゅっと抱きしめ合った。やわらかくて温かな感触が心地よかった。

「幸せになって、恵茉」

その願いを叶えられたらいい、そう思った。


「へえ、コンビニも近いんだな」

住宅街なこともあって周囲は静かだ。けれど道は広く外灯もきちんとあるので暗い印象はない。

会社からも今より数駅離れる程度の距離だ。学区も申し分ない。

ネックがあるとすれば、予算と、翔たちと同じ地区になることぐらい。

けれど恵茉にはいいかもしれない。亜貴がそばにいればなにかと心強いはずだ。

「今日、来ないかと思った」

「なんで?」

「早川は多分、おまえとのこと俺らに知られたくなかったんだろう? 特に亜貴には」

普段アルコール制限のある翔は、ここぞとばかりに大量のアルコールを購入した。荷物持ちにちょうどいい湊が一緒だったせいもあるだろう。おかげで重い荷物を二人して手にしている。

「そうだな、戸惑っていた」

「亜貴にも、もしかしたら今日の約束はダメになるかもとは言っていたんだけど、あいつ、はりきって準備していたから来てもらえてよかった」

「俺も余計なことしやがってとは思ったけど……おまえの奥さんからなんとしてでも連れてこいって命じられていたからな」

「は？　あいつそんなこと一言も――っていうか、おまえ亜貴と個人的なやりとりしているのかよ！」

「だって同期だから」

翔から罵（ののし）られた後、実は亜貴からも連絡がきて湊は散々批難された。

『あんたは恵茉のこと全然わかっていない！　なんてことしたのよ、バカ、ボケ。これで恵茉が私と距離置いたら、あんたのこと恨んでやる！』と怒鳴られたのだ。

女同士の友情は成立しないことも多いと聞いていたけれど、二人は大丈夫なんだなと罵（ののし）られながらも湊は安心した。

『悪いのはあんただから！　恵茉は一切悪くないから！　これ以上傷つけたら許さない！』と聞いた時、恵茉の味方がいるのは心強いと思った。

なにかあった時に相談できる相手がいるのといないのとでは大違いだから。

「おまえさ、早川との将来のこととか考えているわけ？」

鍋をつついている途中で、忘れないうちにと亜貴が渡してきたのは、二人が式を挙げたホテルのブライダルフェアの案内状だった。

友人ご紹介特典があるから気楽に行ってね、と出してきたものだ。

受け取るのをためらっていた恵茉の代わりに、湊がそれをもらった。

恵茉が気づいたかどうかはわからないが、あれは亜貴が湊の真意を探るために出したものだ。

暗に『そういう覚悟があるんでしょうね』とにこやかな笑みの奥で目だけが雄弁に語っていた。

庇護欲そそる見た目の割に彼女は豪胆だ。さすが翔と結婚しただけあると思う。

「将来を考えるっていうか、恵茉を安心させたい」

付き合い始めてから漠然と感じていたことが、昨夜明確になった。

急に海外出張が入ったせいもあって、なかなか連絡が取りづらい状況になった。そうして恵茉からのアクションが一切ないことに気づいたのだ。

以前は、自分によほど興味がないのだと思っていた。誘えば応じても自分からモーションをかけるほどの関心はない。

だから恵茉の気持ちは自分にはないのだと結論づけていた。

でも気持ちが通じ合った今もそれは同じだ。

好意を抱いているのに、それでも恵茉は受け身だ。

そうなると過去の思い込みのすべてが、過ちだったのだと認めるしかない。

「自業自得だぞ。早川が怯えたり遠慮したり戸惑ったりしているのは全部おまえのせいだ」

「わかっている」

「新しい男が見つかるまでの繋ぎ――なんて真逆だろう。おまえをあきらめるために、探していただけじゃん。身を引いていたってことだろうが」

「わかっている！」

そう、彼女はずっと身を引いてきた。

だから恋人と別れて私と付き合ってなんて発言は一切なかった。

恋人じゃないから——朝まで一緒には過ごさない。

自分からは誘わない。名前を呼ばない。他人行儀でい続ける。

それはいつでも身を引くつもりの恵茉の覚悟。

それはおそらく今も変わらない。

「だったら回りくどいやり方はやめろ。マンション購入だとか、ブライダルフェアだとか、遠回しに匂わせやがって。不安解消に結婚を都合よく使うな！」

痛いところを突かれて、湊は持っていた買い物袋で翔を殴りたくなった。

いや、本当は自分を殴りたかった。

四人で鍋をつつきながら、亜貴が赤ちゃんをあやすのを見ながら、家族になったらこんな風になるのだろうと想像できた。

恵茉との付き合いが順調に続いた先に結婚があればいいとは思う。いや、彼女となら二人で生きていくイメージが浮かぶ。

だがおそらく恵茉はそうじゃない。

合鍵を渡そうとした時も、喜ぶよりも先に戸惑いがくる。ブライダルフェアだって憧れよりもためらいが大きい。

二人の将来を想像するほど、恵茉はこの関係に信頼をおいてはいないのだ。

当然のことだと頭ではわかっていても、だったらどうすればそれを取り戻せるのか湊には思いつかない。

せめて将来を考えていると、この先の結婚も意識しての付き合いだと示すことで不安を解消したいと思った。

はっきり言葉にすれば、それはそれで彼女を追い詰めそうで、だからどうしても回りくどいやり方で彼女の反応を確かめるようなことをしてしまう。

（違うな……恵茉の不安だけじゃない。自分の不安も解消したいんだ）

翔の言う通り、不安解消のための結婚なんて意味がない。

いつのまにかだんだんと足取りが重くなっていく。

カンカンと袋の中でビールの缶同士がぶつかって、湊の足取りとは正反対にリズミカルな音が響いた。

「おまえがそこまで真剣になるとはなあ」

さっきまでいつになく厳しかったのに、翔はがらりと口調を変えた。

「なんだよ」

「いや、悩んで反省して考えて――いいんじゃない？　おまえはいっつもスマートな恋愛しかしてこなかっただろう？　真剣な恋愛がどれほどハードか体感しろ。その分、手に入れた時の幸せは大きいからさ」

「それは先輩としてのアドバイスか？」

「結婚も子どもも俺がリードしているからな。そのうち出世も……」

ぐふふといやらしく笑う。

確かになにもかも先を越されている。せめて出世だけはこの男には負けないでおこうと湊は決意した。

＊　＊　＊

終電ぎりぎりに湊のマンションに戻ってきた。

湊と二人で大谷家を訪れる前は不安でいっぱいだった。今の恵茉は少しだけ胸のつかえがとれた気分だ。

二人の赤ちゃんはとてもかわいらしかった。相変わらず翔は亜貴の尻に敷かれていて、でもそれが仲良しの秘訣なのだろう。

そしてありがたいことに亜貴は恵茉との関係を絶ったりしなかった。

むしろ味方でいようとしてくれて、申し訳ないような心強いような、それに甘えてもいいのだろうかとまだぐるぐる考えてしまう。

恵茉はドライヤーで髪を乾かしながら亜貴との会話を思い出した。

『堤くんはバカでどうしようもないけど、恵茉のことは真剣に考えているんだなって思ったよ。恵茉はどうなの？　結婚考えたりしないの？』

『今はまだ付き合えただけで満足しているかも。先のことは、続いていくうちに答えが出るんじゃないかな』

恵茉がそう濁すと、亜貴はこつんと恵茉の頭を小突いてきた。

『先の話じゃなくて、私が知りたいのは今の恵茉の希望や考えなんだけど。まあ、でもいいか。私も堤くんの覚悟を確かめる時間が欲しいし』

亜貴のあやしげな発言に、恵茉はなにも言い返せなかった。

余計なことまで背負わずに、赤ちゃんのお世話に集中してほしいが、そうできない原因は恵茉にもある。

湊は必要なものは部屋に置いていいと言ってくれた。合鍵まで渡してくれた。

亜貴が出してきたブライダルフェアの案内状を即座に受け取ったのも彼だ。

この年齢になれば、結婚を意識した付き合いになるのだから、湊との将来をまったく想像しなかったかと言えば嘘になる。

『一度浮気した男は、また浮気するわよ』

けれど昔、会話の中で何気なく吐き捨てた麻耶の言葉が、不意に浮かんでしまう。

恵茉は浮気相手から恋人に昇格した。でもそれはいつまで続くのだろうか。

恵茉はドライヤーの電源を切る。

付き合い始めたばかりなのに浮気の心配をして疑ってばかりの女なんて、湊でなくてもどんな男も鬱陶しく思うはずだ。

そもそも浮気を疑うこと自体、いまだ彼を信頼できていない証拠だ。

鏡にはドライヤーで乾かして髪が乱れている女の顔。それはまるで女のずるさが滲み出ているようで、恵茉はそこから目をそらした。

＊＊＊

湊は仕事のキリがついたところで時間を確かめた。十九時過ぎ――金曜日ということもあってフロアの人気はほとんどない。

海外出張後の忙しさもようやく落ち着いてきて、本来なら今夜から恵茉と一緒に過ごしたかった。だが、彼女は大学時代の友人と会うとかで明日までお預け状態だ。

夕食をどうするかと悩んでいると、

「堤さん、お仕事終わったんですか？」

とそう声をかけられて、湊は振り返った。

隣の部署の若い女の子だ。綺麗に巻かれた明るい髪に少し幼さを残す甘いメイク。かわいらしさの中に清楚さを感じさせる服装。かわいいですよね、と男性社員の間でも評判になっている。

「もしよかったら、これからお食事でもどうですか？」

小首をかしげる仕草も、上目遣いも、高い声もたとえ計算されていてもかわいいと思う。

表も裏もわかりやすくて、扱いやすい今まで湊が付き合ってきたタイプの子だ。

恵茉がいなければきっと、深く考えずに食事ぐらいは応じていたかもしれない。

「悪い。予定がある」

けれど今はきっぱり断る。

なぜか最近、こういう誘いが増えた。どうやらS社の受付嬢と別れたという噂が今頃広まっているらしい。

『社内の女とは付き合わない』なんて大それた宣言をしたことは一度もないが、その噂のおかげで社内での煩わしい誘いは少なかったので放置していた。

それでも、別れたという噂の直後は、彼女のように果敢に挑戦してくる子がいる。

「そうですか……じゃあ、いつが大丈夫か教えてくれませんか？」

彼女はきゅっと口元を結んで、縋るような眼差しで見上げてきた。

今まであればなんとなくその勇気に敬意を表したい気持ちと、もしかしたら好意を抱けるかもしれない期待で当たり障りのない返事をしていたけれど――

湊は彼女のほうへと体の向きを変えた。

「今付き合っている人がいる。だから大丈夫な日があっても君には教えられない」

「あの……別れたって！」

「ああ、今噂になっている人とはだいぶ前に別れていた。今は別の人と付き合っている」

湊がきっぱり断ると、彼女は大きく目を見開いて食い入るように見つめてきた。まるでそれが嘘かどうか見抜くためのように。

湊はそれを無表情で受け止める。

彼女は泣きそうに表情を歪めるとうつむいた。

「そう、だったんですね。わかりました。お疲れさまでした」

早口で言うと、さっと身を翻していく。

思ったよりもあっさりあきらめてくれて湊はほっとした。

恵茉への片思いを実感してなんとか両思いになってから、そういう誰かを想う気持ちの重みみたいなものを痛感するようになった。

翔には散々、おまえには本気さが足りないとか、熱意がないと言われていたが、あまり意識していなかった。

あの男の言う通り、あまり恋愛感情がわかっていなかったのかもしれない。

「おおおお、一刀両断！」

嫌味ったらしい発言と同時に、ぱちぱちとリズムの悪い拍手をしながら翔がやってくる。

また、どうしていつもこいつは、こういう場面に限って姿を見せるのかと、湊は頭を抱えたくなった。

「ちなみに、お付き合いされている人って、今度も社外の方ですかぁ」

「うるさい！」

「そう聞かれたらどう答えるつもりだよ」

「おまえには関係ないって答える」

翔はふんっと言いたげに片方の眉をあげる。

恵茉が知られたくないと思っている以上、彼女の意思を尊重せざるを得ない。

湊だって、別れた後の気まずさとか、交際中の周囲の目だとかが気になって、社内の女性との交際はできるだけ避けていた。

だから恵茉が隠したい気持ちは理解できる。

「いつまで誤魔化すつもりなんだか」

「あまり引き延ばすつもりはない」

恵茉の意思は理解できても、ずっと秘密にするつもりはなかった。知られたくないと思っている彼女の本音はどうせ別のところにある。

「それで？　おまえは一体なににしにここへ来た」

「あ、かわいい女の子からの誘いは断っても、イクメン男子の誘いは断らないだろう？」

なにが、イクメンだ、と思ったけれど、イケメンだと言わなかっただけましかもしれない。

「また実家か？」

「そうなんだよー。さっき連絡があって、亜貴が今日はそのまま実家に泊まるって言ってさ。金曜の夜に付き合ってくれる奴なんかいないかもなあと思っていたんだけど。よかった、よかった。寂しい男がここにもいて」

「実家に泊まるなんて本当は、捨てられたんじゃねーの？」

せめてそれぐらいの嫌味は返さずにはいられなかった。

＊　＊　＊

男二人、たまにはうまい寿司でも食べに行こうと、居酒屋ではなく少し高級な寿司屋に来た。

今からなんて無理だろうと思っていたのに、ちょうどキャンセルが出たとかで受け入れてもらえたのだ。

こういう引きのよさが翔にはある。

「今日、早川は？」

「大学時代の友達と会うんだと」

「それって、女？」

そう問われて、思わずビールを噴き出しそうになる。

「は？　そういうのって普通女だろう」

「え？　おまえそういうの確かめないタイプ？　何人ぐらいで集まるとか誰が来るとか聞かないの？」

出された刺身を口にして、翔はさも当然のように言う。同時にあらためてこの男の面倒くささを再認識した。

見た目は大らかで余裕をもって妻を見守っているようなイメージがあるが、やはり計算高く、ずる賢く、油断ならない男だ。

「そんなの今まで聞いたことない」

「ふーん、俺なんかいまだに今日の予定は教えてもらわないと落ち着かないけど」

「家にいるだろうが！」

「おまえ、期間限定とはいえ専業主婦を舐めるなよ。公園やらママ友サークルやら保育所見学やら離乳食教室やら忙しいんだぞ」

舐めているつもりはなかったが、翔の力説に湊はたじろぐ。

ビールが空になると、翔は「おすすめの冷酒を」と注文した。

これまでの恋人たちに『この日は予定があるの、ごめんね』と言われても、特に気にしたことはなかった。

たまに『どうして聞いてこないの？　本当は誰と会っているか心配になったりしない？』と問われたこともあったけれど『信じているから』という表面的な言葉で流してきた。

湊は過去を思い出しながら、どれだけ相手に興味がなかったんだろうと少し反省する。

恵茉に予定があると断られた時、誰と会うか聞きたい気持ちはあった。けれど、まるで彼女を束縛するような、余裕がなさそうなそんな素振りを見せたくなかったのだ。

詳しく聞くべきだったのだろうか、聞いても構わなかったのだろうか。

そのあたりの線引きが湊にはわからない。

いつのまにか大将が寿司を握っていたようで、白木のカウンターにはサーモンの炙りが置かれ、さらにその横に細かな切り込みの入った透明感のあるイカが並んだ。

出されたらさっさと食えよ、という風に翔が小突いてきて、慌てて湊はサーモンを手にした。口の中でふわりと濃厚な味わいが広がる。

まあ、まあ飲めよ、と翔は淡い水色のガラスのお猪口に冷酒を注いでくれる。

ゴムみたいなイカとは明らかに違うとろける食感に、切れ目の入れ方だけで、やわらかさが変わるのだという大将の蘊蓄を思い出した。

恵茉とも二人で寿司を食べに来たことがあった。

今月誕生日だったから、おいしいものが食べたいなと言われ、今夜のような寿司屋に連れて行った。その時、とろけて甘いイカに驚きながら食べる姿に大将が笑って教えてくれたのだ。

恵茉は『もうお寿司屋さんでないとイカが食べられないかも』なんて贅沢な発言をしていた。

おいしいものを見つければ恵茉が喜ぶだろうな、今度連れて行こうと思う。

おもしろいことがあれば教えて、恵茉にもよかったねと言ってもらいたくなる。

そんな些細な積み重ねを、不安定な関係ながらも築いてきた。

ぐいっと一気に酒を呷る。辛口できりりとした味わいが口内を綺麗にしていく。

こんな瞬間に『恵茉に会いたい』と思うことが増えた。

「亜貴にも食わせたいなぁ」

似たようなことを思っていたらしい。

翔は「ん？」と口をもぐもぐさせながら見てきた。

「……俺もそう思った。いや、いつもそう思っていた気がする」

付き合っていた恋人と食事をしていても、仕事先で綺麗な景色を見た時も、楽しそうなイベントがあると知った時も、彼女を思い出してはそれをかき消す、その繰り返しだった。

けれど彼女を喜ばせる男は自分以外にいて、思い出すこと自体が惨めで意識しないようにしていた。そしてそんなくだらない嫉妬で、彼女を最低な女だと思い込んできた。

「俺の頭の中はいつも亜貴でいっぱいだ。仕事をしていても亜貴を思い出す。ついでに息子も思い出す。そんで仕事頑張ろうって思える。そんなものだろう、愛する相手には」

『愛する』のところで翔はイントネーションを変えた。

『愛、する』。それは、主体的で能動的な感情。

付き合いだしても、どこかためらいを残す彼女に気づいていた。

そこに苛立ちを覚えている自分の未熟さも知っていた。

お互い後悔も罪悪感も抱えている。彼女が苦しんでいるのも知っている。どうすれば気持ちを軽くできるのかいつも模索している。

セックスだけが目的のような関係だったから、それだけではないのだと示したくて、最近は抑えるようにもしていた。

隣で一緒に眠りにつくこと、朝を迎えること、名前で呼び合うこと――それだけでも今はいいと思っていた。

『愛する』

湊にはまだその方法もやり方も見えなくて、空回りしている。

「俺さ。おまえと早川って正直有り得ない組み合わせだと思っていたんだよな。お互い、だいぶタイプの違う相手と付き合っていたし、二人でいてもそういう空気微塵もなかったし。うちに来ておまえら二人が一緒の姿見るまで、すぐにダメになるんじゃないかと思っていたんだ」

それは翔だけじゃない。

付き合っている自分たち自身が、お互いにその不安を抱えている。

半分に開かれた赤貝がかわいらしいリボンに見えた。

翔がうまいと口に入れて湊も続いた。貝のくさみもなくむしろさわやかな風味で、コリコリとした食感が口の中に広がった。

こんな風に互いの不安も噛み砕くことができたらいいのに。

「でもさ、まあ人に言えた関係じゃなかったかもしれないけど、おまえら時間をかけてお互いのことを理解して、受け入れてきたんだなあって思った。おまえらのそういう空気、ちゃんと感じたよ。だからさ自信持てよ」

軽く肩を叩かれる。

どうやらこの男なりにフォローしてくれているのだろう。

人に言えない関係から始まった自分たちを……見守ってくれている。

「イイオトモダチを持って俺は幸せだな」

「だったら、ここおまえが奢る？」

「いや、割り勘で」

実際に付き合い始めてからの時間はまだ短い。

でも、これまで築いてきた関係が確かに二人の間にはある。自分の想いは少しずつ積み重なってきている。

恵茉を『愛する』ことをもっと上手にできればいい。

ふんわり甘味のある温かなアナゴに翔が「うまい」と漏らす。

明日は恵茉に会える。

また一緒に、おいしいものを食べに行こう、そんな些細な毎日を積み重ねていこう。

そしてその先に、一緒にいられる未来をともに描ければいい——そう思った。

＊　＊　＊

恵茉は浮気相手だったことはあっても、自分が浮気をした経験はない。

付き合っている間に浮気をしたいと思ったこともなかったし、そんな機会もなかった。

もし、恵茉に新しく付き合う男ができても構わずに湊が誘ってきていたら、恵茉は断れなかったかもしれない。そしてそうなればそんな立場を味わう羽目になっただろう。

浮気相手にはしても、浮気をする女にしなかった湊に感謝すべきだろうか、と埒もないことを考えてしまうのは、目の前にいるのが友人の駒田麻耶ではなく中野啓一であるせいだ。

浮気のラインなどあまり考えたことがなかった。

恋人がいるのに異性と二人きりで食事をするのは浮気にあたるのだろうか。今自分はまさしく浮気をしていることになるのだろうか。

麻耶だったらきっと『食事ぐらいで大げさな』と言うかもしれない。

湊ときちんと付き合い始めたことを彼女に伝えていない自分にも非はあるけれど、余計なことを――と思わずにはいられなかった。

考えてみれば麻耶が誘ってくるにしては、ちょっといいお値段のするお店だとは思っていたのだ。

それでもたまには贅沢(ぜいたく)もいいかと応じて、個室に通されてそこにいた啓一にびっくりした。

「今夜で最後にするので、一緒に食事だけはしてください」と謝罪とともに言われて、恵茉は帰るに帰れなくなった。

最近オープンしたばかりのイタリアンは、結婚式もできる高級レストランで、週末はそのためになかなか予約がとれない。

壁面に設置された棚には中央に果物が描かれた小さな絵画が飾られ、左右のガラス扉の中には光にきらめくワイングラスが置いてある。テーブルの上には小さなフラワーアレンジメントと、アヒルの形をした透明な小瓶に入ったグラッパがあった。

ドライアイスに満たされたガラスの器をあけると、出てきたのは水菜とサーモンのサラダ仕立て。テーブル横で調理されたのは、ホーロー鍋で蒸し焼きにしたスズキ。

カラスミがたくさんすり下ろされたパスタも、なじみのない高級食材に戸惑いつつ、初めての味わいに感激した。

啓一とはこれまでの食事の時と変わらず、当たり障りのない会話を交わしていた。

こういう状況を気まずく思いながらも、それを感じさせない気遣いに、やっぱり恵茉は今まで彼に救われていたのだと気づく。

決して急かさない、強引にしない、どこかなにもかもを受け止める空気。

もし湊との関係が終わっていれば、そして彼の気持ちの整理がついていれば、恵茉は安心して飛び込んでいったかもしれない。

そういういやらしいことを思うぐらいには、啓一との関係は心地よかったのだから。

デザートを終えてコーヒーを飲む。

湊の知らないところで、男と二人きりで食事をしている現実。

突発的な事態だったとはいえ、帰らなかったのはすでに恵茉の意思。

「すみません。早川さんは迷惑しているのに……今夜は強引なことをしてしまって。勝手なお願いですが、駒田さんのことは責めないでください」

再度、啓一は同じことを言った。

彼らしくない強引さを恵茉は責めることができなかった。

彼にこんな行動をさせたのは、曖昧な態度のまま会い続けた自分のせいだと思う。

「僕は、あなたを逃げ場にしていました。他に大事な女性がいたのに、彼女との未来はない。だから最初は、あなたを身代わりにしていたんです」

啓一に突然切り出されて、恵茉は驚きつつもやっぱりと思った。

大事な本命が別にいるのかもしれない。それは恵茉もなんとなく感じていた。

強引に踏み込んでこない。一定の距離を保つ。そして時折、誰かを思い浮かべるように眼差しを揺らしていたから。

「私も同じです。好きな人には恋人がいました。決して叶わないと思っていたんです。だから彼をあきらめるためにワイン会に参加しました。中野さんとずっと会っていました。ごめんなさい」

恵茉も正直に話して頭を下げた。

「謝らないでください。なんとなく僕もそんな気はしていました。だから深く踏み込めなかった」

恵茉はおそるおそる顔をあげる。啓一は淡い笑みを浮かべて恵茉をじっと見つめる。

『逃げ場にしていた。身代わりにしていた』、彼はそう言った。

でも今の彼の眼差しは、恵茉にまっすぐに降り注ぐ。その熱に思わず緊張する。

「ただ、僕はあなたと会うことで癒されていました。一緒にいる時間は穏やかで安らげた。だんだん身代わりではなくなった。だから少しずつあなたとの関係を深めていければいいと思っていたんです」

恵茉はまた間違えた気がした。

最初に『今夜で最後にする』と言われたからこそ、きちんと謝罪して終わらせたほうがいいのだろうと思っていた。啓一もきちんと区切りにしたいのだろうと。

まさかそれがこんな流れになるとは、思っていなかった。

「もっと早くにはっきりと言葉にして伝えるべきでした。僕とお付き合いしていただけませんか？直接会ってそうお伝えしたかったんです」

啓一はそう言うとにっこりとほほ笑んだ。

恵茉はすでに付き合っている人がいると伝えている。

それでもなお、こんな強引なことをしてでも気持ちを告げたかったのだろう。

それは二人の関係に対する彼なりのけじめ。

メッセージだけで済ませた自分がどれだけ浅慮で薄情だったか思い知る。

いつも自分の思い込みばかりで、相手の想いをくみ取れない。だから彼の気持ちが変化していることに気づかなかった。

「お付き合いしている人がいます。ずっと好きだった人で大事な人です。だから中野さんとはお付き合いできません。ごめんなさい」

恵茉は泣きそうになりながらも、はっきりとそう告げた。

曖昧さに甘えて、穏やかさを好意にすりかえて、熱情がないことに気づいていながら不安定な関係のまま逢瀬を重ねる。

そんな恋ばかりを繰り返してきた。

今まで『二番目』の位置にしか自分がいられなかったのは、言葉にせずにいろんなものを誤魔化してきたせい。

相手と真摯に向き合ってこなかったせい。

そんな女が『一番』になれるはずがなかったのだ。

「はっきり言ってくれてありがとうございます。これで、次に進めます。すみません。僕の自己満足に早川さんを巻き込んでしまって」

どこまでも恵茉を思いやる啓一に、恵茉は自分を情けなく思う。

「こちらこそお気持ち嬉しかったです。ありがとうございました」

ごめんなさいと言いたかったけれど、恵茉はあえてお礼を言った。

いつまでも湊に対して不信感を抱えてしまう。勝手な思い込みで不安になってしまう。

それは湊のせいではなくて、おそらく自分の弱さのせいだ。

いろんな人を傷つけてまで始めた、湊との恋。

曖昧(あいまい)さに逃げるのではなく、言葉を尽くして、自分にも湊にも向き合っていきたい。

彼との関係を大切に築いていきたい。

店の外へ出ると「早川さん、幸せになってください」と啓一は言ってくれた。「送っていけなくてすみません」と最後まで気遣いを示してくれた。

恵茉はその背中を見送りながら、弱い自分を捨てて素直になろうと思った。

「今の男、誰?」

厳しい声音(こわね)とともに腕を掴まれるまでは――――

「堤くん!」

見たこともないほど怒りを露わにした湊がそこにいて恵茉は狼狽える。

どうしてここにだとか、きちんと説明しなければと思うのに、こんな時頭がうまく働かない。

「大学時代の友人って男だった？　それともそれ自体が嘘？」

責める口調に厳しい眼差し、そして強く掴む手。

明らかに湊が誤解していることがわかる。

通りを行き交う人たちが何事かと視線を向けてくる。

「違う……違うの」

「前、見かけた男だよな。もしかして今もずっと続いている？」

矢継ぎ早に言葉を繰り出しながら、恵茉の腕を掴む手にさらに力が込められる。腕に走った痛みが彼の怒りを雄弁に語っているようで、恵茉は泣きそうなのを必死で耐えた。

「湊！　落ち着けよ。人目があるし、早川が怯えている」

背後から翔が姿を見せる。ああ、彼らは二人で一緒に飲んでいたのだろう。

翔の存在や、こんな場所で言い争いを繰り広げるべきではないと、恵茉は必死で自分に言い聞かせて無理やり冷静さを課した。

「堤くん……聞いて。大学時代の友人は女性で彼女と食事をする予定だったの！　代わりにあの人が来るなんて知らなかった。これで最後にするから一緒に食事をしてほしいって言われて……断れなかった」

大学時代の友人と会うと言っていたのに、レストランから男と二人で出てくれれば、誤解されても仕方がない。

湊が疑うのも、怒りを露わにするのも当然だと言える。

「――断れなかった？　断りたくなかっただけじゃないのか？」

恵茉は首を横に振って強く否定した。

けれど啓一と食事をしたのは事実だ。断れなかったのは恵茉の中に彼に対する罪悪感があったせいだけれど、そんなのは湊には関係ない。断るべきだった。なにを言われても絆されずに帰ればよかった。

けれど、どれほど後悔しても時間は巻き戻らない。

目まぐるしくいろんな感情が渦巻いて泣きそうになる。

けれどこんな場面で泣くのはもっと卑怯だ。

「本当はあいつと付き合っている？　ああそれともおまえを浮気相手にしていた腹いせに、今度は俺を浮気相手にするつもりだった？」

「違う!!」

「湊！　落ち着けよ！」

思ってもみないことを言われて、恵茉は湊を見上げた。そこには恵茉の嘘を探るような冷たい眼差しがある。

同時に、同じなのだと思った。

恵茉が湊の浮気を疑うように、彼も心の奥底できっと恵茉の気持ちを信じていなかった。

これまで繰り返してきた不毛な関係のせいで、自分たちの間には消化しきれない燻った感情がある。

どれほど言葉を尽くしても、態度で示しても、心をとりだして見せることは叶わない。

「違う……浮気なんてしていない。私は堤くんとは違うもの！」

浮気を否定するだけのつもりだったのに、湊を批難する言葉がそのまま続いた。

恵茉は口元を手で覆って「そうじゃなくて……」と呟いたけれど、一度発した言葉は返ってこない。

恵茉の腕を掴んでいた手から力が抜ける。怒りの炎に満ちていた目は、冷たく暗い影に一瞬にして覆われる。

湊に誤解される場面を自ら作り上げておいて、追及されて傷つける言葉で応酬するなんて最低だ。

「やだ……」

頭を振って、恵茉はなんとか今の言葉を否定しようとしたけれど、それさえもままならずに涙がこぼれてしまう。

「湊！　早川も、来い！」

翔に無理やり引っ張られて、湊はタクシーの後部座席に押し込まれた。そのまま恵茉も乗せられる。

いつのまにタクシーを呼び止めたのか、翔は助手席に座ると有無を言わせず行き先を運転手に伝える。

湊は片手で頭を抱えたまま窓のほうへと向き、恵茉は涙を拭うとそのままうつむいた。

すぐ隣に座っているのに彼の存在を遠くに感じる。

いつだって自分たちの間には見えない壁があったのだとそう思った。


翔が二人を連れてきたのは自分の家だ。

湊は強引に翔に腕を引っ張られてエレベーターに乗っていた。この状況を彼が不満に思っているのがひしひしと伝わる。

翔がどうしてここへ連れてきたのかわからなかったけれど、もし亜貴に会えるのならという期待と、このまま湊と喧嘩別れすべきでないという思いがあって、恵茉も素直についていく。

けれど翔が鍵を開けて部屋に入っても、亜貴の出迎えもなければ赤ちゃんの声もしない。この間訪れたばかりのリビングは真っ暗で誰の存在もなかった。

「大谷くん、亜貴は？」

「ああ、あいつは赤んぼと一緒に実家」

翔はリビングの電気をつけるとカーテンを閉める。

「今夜は二人で話し合え。おまえたちは圧倒的にコミュニケーションが足りない。好意がいくらあってもお互いに信頼がなければ関係は続かない。それが大人の恋愛だ。ガキじゃないんだから真剣に向き合え」

「翔！」

「道端で怒鳴り合うよりマシだろう。いいか俺が帰るまで絶対にこの部屋から出るな。早川もそろそろ言いたいことを呑み込むのはやめろ」

翔は言いたいことだけ言うと、家主なのにさっさと自分の家を出ていった。

家の鍵は彼が持っているので、二人ともがここを去れば鍵は開いたままになってしまう。

わざわざ自宅を提供するなんてお節介だと思えばいいのか、人が好いと思えばいいのか。

亜貴らしい温かみのある空間。ほんのり漂うのは赤ちゃんの甘い匂い。

幸せの象徴を目の当たりにしたあの日を思い出す。

彼らのようになれたらと憧れさえ抱いたのに、今の自分たちに流れるのはそれとは程遠い空気だ。

湊はダイニングテーブルのそばで立ち尽くしたまま、翔が消えた玄関のほうをじっと見ていた。

彼は一人で出て行ってしまうだろうか。

恵茉と二人きりになりたくないのであれば、翔の言うことなど無視して自分の家に帰ることはできる。そしてそうなれば恵茉は翔が戻るまでここで待つことになる。

それとも、湊を残して自分が出て行ったほうがいいだろうか。

湊の背中はまるで恵茉を拒絶するかのように微動だにしない。

たとえ湊が不快に思っていても、翔にここまでお膳立てされたのだから、彼の言う通りきちんと話し合うべきだろう。

（言いたいことを呑み込むのはやめろ……か）

痛いところを突かれたな、と思う。

翔にはきっと最初からなにもかもを見抜かれていた。

亜貴にとっては『安心できる男』だけど、恵茉にとっては『油断ならない男』だ。それでも、彼の言うことはいつも正論だ。

恵茉は荷物をソファに置くと、湊の背中に向き合った。彼が出ていく様子はない。

「さっきは、ひどいことを言ってごめんなさい」

――湊とは違う。

そう言ってしまったことを、彼の浮気を責めた発言を恵茉はまず詫びた。

強張っていた湊の肩が小さく揺れる。

「それから、今夜は本当に大学時代の友達、麻耶っていうんだけど……彼女と一緒に食事をする予定だったの。席に通されたら麻耶じゃなくて中野さんがいてびっくりした。だって彼には堤くんと付き合い始めたことを伝えて、もう会えませんって断っていたから」

湊が聞いているかわからなかったけれど、恵茉は淡々と言い訳を連ねた。

「中野さんは麻耶に無理やり頼んであの場にいたみたい。だから謝罪された。今夜を最後にするからせめて食事だけ付き合ってほしいって言われて帰れなかった。私もメッセージひとつで終わらせた罪悪感があったから、彼がそんな行動に出たのも私のせいなのかもしれないと思って断れなかった」

本当にただの言い訳だなと恵茉は自分でも思った。

もし、湊がそんな事情で元恋人と仲良く食事をすれば、自分だって責めてしまう。

自分に浮気したつもりはなくても、された側がそう感じて傷つけば、その行為はきっと褒められたものではないのだ。

（結局、自分の罪悪感を軽くするために、彼を傷つけたんだ）

「中野さんとは本当に食事をするだけの関係だった。付き合いましょうなんてはっきりとしたことも言わなかった。ただダラダラと曖昧（あいまい）なまま会い続けた。だからもう会えませんって言えばそれですんなり終わると思っていたの」

湊をあきらめるために利用して、都合のいい関係を強（し）いた。

啓一にも忘れられない相手がいそうだったから、お互い様だと、彼も自分と似たような思惑があるのだろうと決めつけていた。

「それで……おまえに未練があるって告白でもされたの？」

湊がようやく反応を返してくれる。

けれどゆっくりと恵茉に振り返った目は、どこまでも昏（くら）く冷めていた。

「浮気をしていた男より、真面目そうなあいつがいいって思った？」

恵茉はずっと湊は怒っているのだと思っていた。

異性と二人きりで食事をしたその裏切りに怒り、傷ついたのだと。

もちろんそれもあるのだろうけれど、彼はもっと別のことを気にしている。

それは恵茉が湊ではなく啓一を選んでしまう可能性。

浮気をした事実を湊自身も悔いている。それはこんな形で彼の不安を生み出している。

「きちんと断った！　好きな人で大事な人がいる。だからお付き合いできませんって断ったの。だからもう絶対に会ったりしない！　私の軽はずみな行動であなたを傷つけてごめんなさい！」

ずっとお互いを疑って、元々信頼なんてものはなかった。

気持ちは通じ合ったけれど……これまでお互いに不信感を抱いていた自分たちはどうしても相手の気持ちを疑ってしまう。

信じることに怯えてしまう。

翔の言う通りだ。

どんなに好意があっても、相手を疑ってばかりいれば……関係はすぐに壊れてしまう。

恵茉はこぼれそうになった涙を拭った。

「でも私は堤くんが好き。信じてほしい。私も堤くんを信じるから」

『二番目の女』ではなく『一番』になりたかった。

でもその相手は誰でもいいわけじゃない。

『一番』好きな人の『一番』になりたいのだ。

信頼されたいのであればきっと、まずは相手を信頼することから始めるべきだろう。

そしてきっと関係を続けていくためには、そのための努力をすることが必要なのだ。

「堤くんが好きなの――」

泣きたくないと思うのに、涙は勝手にこぼれてしまう。

これ以上なにを語ればいいのかわからなくて、気持ちが伝わっているかもあやふやで恵茉は途方に暮れる。

乱暴に涙を手で拭っていると、不意に腕を掴まれた。

さっきと同じ場所だけれど、力はあまり込められていない。

湊は恵茉の服の袖をめくりあげると、痕の残ったその場所をそっと撫でた。

「悪かった。痕を残すほど掴んで、痛かったよな。ごめん」

「あ……いいの。大丈夫、こんなの平気」

湊は、はあっと大きく息を吐き出すと宙を仰いだ。声が優しくてさっきまでの凍えるような冷たさが薄らいだような気がして、余計に涙が出てしまう。

湊はためらいがちに、赤くなったその場所を撫でながら何度となく息をついていた。

「男と二人でいるなんて想像もしてなかった。だから裏切られた気になってかっとなった。怒鳴って怖がらせた。ごめん」

「疑われるような行動をした私が悪いの！　堤くんは悪くない。あんな場面見れば誰だって怒るし傷つく」

そう。湊はきっと怒りながらも傷ついていた。彼に不信の種を蒔いたのは恵茉自身だ。

「おまえのことを心のどこかで疑っていた。いや、俺はおまえを浮気相手にしたどうしようもない男なんだから……気持ちが冷めても呆れられても仕方がない。自業自得だ」

「私も疑っていた。信じたい気持ちもあるのに、時々どうしようもなく不安になる。それをあなたのせいにするのは嫌なのに、自信をなくしてしまうの。もっと素直でかわいらしくて魅力的な女の子が現れたら……その子を選んでしまうんじゃないかって。浮気されても仕方がない。浮気じゃなくて、私以外の誰かに本気になるかもしれないって」

好きだからこそ抱いてしまう不安。

そして好きだからこそ乗り越えなければならない不安。

疑ってしまうのは、信頼できないのは相手のせいじゃない。

自分に自信がないせいだ。

「俺だって同じだ。おまえにまたいつ『他の男と付き合うことにした』って言われるか不安だった。そうやっておまえはいつも俺以外の男を選んでいたからな」

涙目で見上げれば、湊は不意に視線をそらす。

いつも自信満々な様子で、落ち着いている彼の弱気な発言に、抱えている不安は同じなのだと思った。

「余裕ないんだよ……おまえ相手だと。いつも間違ったことばっかりやって空回りして、挙句の果てにおまえを泣かせている。今夜だって、嫉妬した挙句に、怒鳴って傷つけて怯えさせるなんて最悪だ」

湊は再度赤くなった腕の痕をそっと撫でた後、恵茉の頬に落ちた涙を指先で拭った。

そこにはいつもと同じ見慣れた彼がいて、恵茉は一気に安堵する。涙腺が決壊したように涙がこぼれて、湊に抱きしめられた。

「ごめん」

「私の、ほうこそ……ごめんなさい」

湊のぬくもりと匂いとに包まれて、彼の存在を強く実感する。恵茉を拒んでいるように見えた背中を、取り戻すかのように腕を伸ばして抱きしめる。

「頼むから……男と二人きりでの食事はするな」

「ええ、しない。絶対」

「不安なことはできれば口にして……どうしてほしいか言って？　俺も言うから」

「うん……うん」

「恵茉が好きだ。だから信じる。もう疑わない。疑わせるようなこともしない」

「私も堤くんが好き。あなたを信じる。軽率な行動はしない」

「それ。また名字に戻っている。些細なことだけど距離置かれているようで結構きつい」

恵茉は思ってもみないことを言われて、泣きながら湊を見上げた。湊もどこか困ったような不貞腐れたような複雑な表情をする。

確かにずっと名字を呼んでいた。

「俺が腕を掴んだ時も、そう呼んだろう？　あれで一気に爆発した」

まさか、あれで？　と思ったけれど、元々燃えていたところに火に油を注いだ形になったのだろう。下の名前を呼んでいたら、もう少し彼も冷静に対応したのかもしれない。いや、わからない。

「ごめんなさい。無意識だった」

「その無意識がひっかかる」

ああ、そんな部分でも彼の心を不安にさせていたのだと、恵茉は深く自分を戒めた。もう絶対に名字で呼ばないようにしようと決意する。

「うん、湊」

背中にまわされていた腕にぎゅっと力が込められた。恵茉も同じように湊を抱きしめる。

「湊が好き」

そうしてもう一度気持ちを告げた。

何度でも言葉にしよう。不安も好意もきちんと伝え合おう。そうして信頼を積み重ねていきたい。

「キスしたいけど、さすがにここじゃやりにくいな。翔に電話してさっさと戻るように言おう。早く家に帰りたい」

「うん、私もキスしたい。帰りたい」

「おまえなあ。なんでやりにくいって言っているのに、ここで素直になるんだよ！」

思ったことを頑張って口にしただけなのに、湊は「あー、もう。だからこいつは！」とかなんとかぶつぶつ呟く。そして大きく息を吐き出した後、

「じゃあ、翔には内緒な」

と言った。

恵茉は心の中で『大谷くん、亜貴、ごめんね』と告げて、そっと目を閉じた。

重なった唇は少しだけしょっぱかった。

＊　＊　＊

湊は結局、自分の不安を解消するべく、満足するまでキスを堪能した。恵茉が別の意味で涙目になって拒むまで。

そしてすぐさま翔に電話して戻ってくるように伝えた。

翔は仲直りした自分たちを見てほっとすると同時に、恥ずかしがって湊の背中に隠れている恵茉を見て、一瞬だけどことなく複雑な表情をした。そして、妻が実家に帰っていて寂しかったからか、仲直り記念だ、飲もうなどと言って引き留めようとした。

それを振り払い、今度うまい飯でも酒でも奢ると宥めすかして、自分の家に恵茉を連れて戻ってきたのだ。

そして今、彼女はバスルームにいる。

湊は先にお風呂からあがって自室のベッドに腰を下ろした。今夜の疲労がどっと両肩に落ちてくる。

「もう、ダメかと思った……」

言葉にすると危機感がふたたび押し寄せてきた。

恵茉が男と一緒にいる姿を見た時、どこか相手を信頼しているような、自分が一緒の時に見せる隙のようなものがあった。

それは以前二人を見かけた時にも感じたものだ。

恵茉は、ただ食事を一緒にしていただけ、キスもセックスもなかった、だから付き合っていたわけじゃないと言っていた。

でもそれは恵茉がそう思い込んでいるだけで、男のほうは付き合っているつもりだったのではないかと思う。

キスやセックスがなかったのだって、男が慎重だっただけで、むしろ恵茉を大事に思っていたからではないのか。

だから恵茉からもう会わないと言われても、男は嘘をついてまで会おうとしたのだろう。

そして彼女は彼女で罪悪感を刺激されて食事に応じた。

断れなかった――そう言われた瞬間、恵茉が無意識にそう感じてしまうほどの魅力があの男にはあったのだと思った。

初めてあの二人を見かけた時から感じていた焦燥(しょうそう)は、あながちはずれていないだろう。もし彼女があの男を選んでいたら、今度こそ二度と手に入らなかったかもしれない。

(あれは絶対要注意だ。二度と近づかせないようにしなければ)

嫉妬(しっと)してあんな風に声を荒らげたのも、痕(あと)が残るほど痛みを与えたのも初めてだ。

恵茉相手だといつも理性が働かない。

それが少し怖くもあるし、それだけ本気になれる相手なのだと思うと、気持ちが通じ合ったことがやはり奇跡に思える。

翔のようにうまく『愛する』ためには……もう少し時間がかかりそうだ。

（あいつができるんだ。俺にできないはずがない）

スマホが震えて、湊は仕方なくそれを手にした。こんな時間にメッセージを送ってくる相手など翔しかいない。

案の定、

『今頃仲直り中かな。いいなあ、俺なんか一人なのに！　一人で寂しいのに！』

『今頃いちゃいちゃしているんだろう！　羨ましい。俺もいちゃいちゃしたい！』

『俺に感謝しろよー。今度は奢りで高級寿司よろしく！　予約は俺がしておくからな』

といった無駄な内容が延々と続く。自分の家に一人残されたのがよほど嫌だったようだ。湊はもうメッセージを開かずにスルーした。

だが不本意ながら、翔があの場にいたおかげであれ以上暴走せずに済んだし、言い争って恵茉と喧嘩別れせずに済んだ。

そこだけは感謝している。

あの男の惚気や愚痴に付き合うと、いつもこんな予想外の目にあっている気もするが。

「つ……湊っ」

堤くんと、やはり恵茉は名字を呼びそうになる。慌てて言い直しているのがよくわかる。

「どうした？　入って来いよ」

恵茉はドアのそばで立ちつくして、なにやらオロオロしていた。

「ねえ、下に穿くものなにかない？」

恵茉は湊の部屋に一切私物を置いていない。

置いていいと許可したにもかかわらず、遠慮なのか、別れの予防線を張ってでもいたのか、泊まるようになってもいつも持ち帰っていた。

「だから必要なものは置いておけって言ったのに。ないよ。おまえが穿けそうなのなんて。どうせ脱がすから来いよ」

「湊の意地悪！」

化粧類は持ち歩いていたようだが、下着はないのでお風呂に入ると同時に洗濯したらしい。

恵茉は観念して、寝室に入ってきた。

恵茉に渡したのは着古したワイシャツだ。少しサイズが小さくて数回着ただけの代物だが、身長がそこそこある恵茉が着てもやはりゆったり感がある。

下着を身に着けていないせいだろう。

恵茉は必死に伸びもしない湊のシャツの裾をひっぱって、恥ずかしそうにやって来る。

そういう姿や仕草だけでこっちは煽られるのに。

「女の憧れなんじゃないの？　彼シャツ」

「私は憧れない」

恵茉は即答すると、隠れるようにしてベッドに潜り込んだ。

こういう部分はかわいげがない。でも多分、そこが自分にとってはかわいい。

なぜなら恵茉は恥ずかしいと、あえて冷静な態度とつっけんどんな口調になるからだ。本人は気づいていないようだが。

「だからパジャマも下着も洋服も置いておかないと。それでも嫌なら俺がおまえの選んで買っておこうか？」

言いながらいい考えだと思った。

私物を置くのに抵抗があるなら、恵茉の分はすべてこちらで準備してもいい。今はインターネットでなんでも買うことができる。サイズさえわかればどうにでもなる。

恵茉は落ち着いた格好が多いけれど、かわいい系も色っぽい系も似合うと思う。

部屋着ならいろいろ試せるかもしれない。

下着みたいな色っぽいものとか、ミニスカートとか、ふわもこの着ぐるみとか、レースがたっぷりとか。

「いいな。それ」

着せ替えもきっと楽しい。

「明日！　明日家から持ってくる。だから変なもの買わないで。私絶対に着ないから」

湊の妄想に勘づいたのか、恵茉が慌てて拒否をした。

「おまえの私物置けるスペース作るから」

「自分のスペース侵食されるの本当に嫌じゃない？　私物置いて図々しいなんて思わない？」

恵茉はおずおずといった体で切り出してくる。

「思わないよ。嫌ならそもそも置いていいなんて言わない。合鍵だって渡さない」

「……勝手に部屋に入ってもいいの？」

「いいよ。部屋に入られて困るものないし、今は兄貴の好みのインテリアだけど、恵茉好みに変えても構わない」

いっそ一緒に住もうかと言いかけて、翔の説教を思い出して自身を戒めた。

少しずつだ。少しずつでいい。

まず名前を呼ぶのに慣れさせて、部屋に私物を置くように仕向けて、彼女の居心地がいいように作り替えていく。

女との同棲なんてこれまで想像したこともなかったけれど、恵茉を帰らせないためには使える手段は使うべきだ。

湊は恵茉を抱き上げると、自分の膝の上に乗せた。

「ひゃっ？」

恵茉が驚きの声をあげながらしがみついてくる。

太腿が丸見えになり、胸のラインもはっきりして色っぽい。下着をつけない彼シャツは男にもおいしいなと思った。

「脱がしていい？」

恵茉がいぶかしげに湊を見つめてきた。

今まで彼女の許可をとったことなど一度もない。いつも強引にセックスに持ち込んでいた。

会えば食事をしてセックスするだけの関係だったから、体目当てではないのだと示すつもりで、湊は最近自制をしていた。

「どうして聞くの？」

「今まで強引だったから反省した。おまえとは限りのある関係だと思っていたから、セックスするのを優先していた。多分、それもおまえを不安にさせていた要素なんだろう？　だから最近は会えばすぐにセックスしないように気をつけていたんだけど」

さすがに我慢の限界だ。だからできれば許可が欲しい。そういうつもりで言ったのに、恵茉はなぜか涙ぐむ。

「恵茉？」

「あ、飽きたのかと思った」

「は？」

「会えばセックスしていたのに、最近しないから。だから、もう、飽きたのかなって」

「そんなわけない！　会うたび会うたびがっつくようにセックスしたんじゃ嫌だろうと思って、我慢していただけだ！　付き合い始めたんだから時間はたっぷりある。そう言いきかせて耐えていた」

男と女の違いなのだろうか。

それとも恵茉とだからいろいろすれ違ってしまうのだろうか。

相手を思いやっての行動のつもりなのに、ことごとく裏目に出る。

いや、相手を思いやっているようで、結局自分のためだから誤解を招いてしまうのだろうか。

「そうだったんだ……私も聞かなきゃいけないいのね。今夜はしないの？　って。こういうところも直さないといけないんだ」

恵茉は泣き笑いの表情をしながら涙を拭う。

甘えるのが苦手だと言っていたのを思い出した。

仕事が忙しそうだと、会わなくて大丈夫だとつい言ってしまうと。

甘えたり、わがまま言ったり、そういうのが基本的に苦手なのだろう。

「いや、俺も聞くべきだったたな。勝手な思い込みで行動すると碌なことにならないんだとおまえといると思うよ」

「私も頑張って言葉にする。ええと、だから……脱がしていいよ？」

「なんだ、その疑問形」

思わず笑ってしまう。

本人が真面目に言っているからなおさら、かわいくて仕方がないと思う。

恵茉も自分で言って恥ずかしかったようで、今度は「じゃあ、自分で脱ぐ」とわけのわからないことを言い出した。

「恵茉、抱きたい」

「うん、私も湊と抱き合いたい……でも、こういうの言葉にするのって恥ずかしいね」

それがいいんじゃん、とは口にしなかった。これ以上恥ずかしがられて拗ねられるのも困る。

でもこれだけは、言わせたい。

「恵茉、俺のこと好き？」

恵茉はくやしそうに口を結んだ後、上目遣いで湊を見ると、

「好き」

と答えて抱きついてきた。

恥ずかしくて顔を見られたくなかったからだろうけれど、失わずに済んだ体温とやわらかさを腕の中に閉じ込める。

「俺も好きだ」

そして少しだけ二人でそのまま抱きしめ合っていた。

＊＊＊

軽いキスを幾度(いくど)となく繰り返す。

唇が離れるたびに目を合わせて、互いの存在を確かめ合う。

いつも彼のセックスは乱暴ではないけれど強引だった。それはそれで自分が求められている気がして嬉しかったけれど、今はとても大事にされていることが伝わる。

湊の部屋に私物を置いていなかった意図を彼は見抜いていたらしく、あえてワイシャツしか貸してくれなかった。

そして、自分で脱ぐ発言をしたにもかかわらず、シャツのボタンをはずしているのは湊の指だ。

軽いキスを繰り返しながらボタンを途中まではずすと、彼は恵茉の胸をさらした。胸だけがシャツの隙間からこぼれる。

「いやらしい眺めだな」

彼の言う通り、胸が強調されるせいで裸よりも卑猥に見える。なにより触られてもいないくせに胸の先はいやらしく尖っている。

恥ずかしくて隠そうとすると、湊は恵茉の腕を掴んでベッドに押し倒した。

そのまま優しく胸を揉んだり、先を指でこすったりする。緩やかな刺激はどこまでも優しくて、それなのに明確に恵茉の中心に痺れをもたらした。

熱い舌に包まれた瞬間、びりっと刺激が走る。湊は飴玉を転がすかのようにゆっくりと舌で舐めまわした。

「んんっ」

いつも激しくて、強引に快楽に導かれることが多かったからか、こんなじれったい触り方をされると戸惑う。刺激は緩やかで鈍いはずなのに、体に熱がこもって息があがってくる。

「湊っ……あっ」

「おまえの胸綺麗。大きさも形も俺好みで……反応もいいよな」

舌先でそっとかするように舐められて、恵茉は背中をのけぞらせた。

湊はすぐさま腕を差し込んで、恵茉の両方の胸を交互に味わう。きつく吸われたかと思えば、ゆっくりと食まれて、緩急ある愛撫は肌を敏感にした。

恥ずかしくてたまらなかった。

湊はどこか冷静に恵茉の反応を探る。感じて興奮しているのは恵茉だけで、一人悶える姿をさらしている。

「湊！　なんで」

「なにが？」

「こんな、私だけ……ああっ、はぁ……やんっ」

「今まで余裕がなかったから、あまりおまえの反応をじっくり見られなかった」

「そんなことないっ」

「あるよ。こんないやらしい場所に小さなほくろがあるんだな、とか、こうすると胸が弾んで震えるんだなとか、そういう表情で感じているんだなとか、見る余裕なかった」

そう告げる合間にも、彼の愛撫は緩やかに続く。着たままの彼のシャツはしっとりと汗で背中に張りついてくる。

「シャツの裾、濡れてきた」

その言葉の意味に気づいて、恵茉は両脚に力を入れた。胸を触られただけで濡れるなんて恥ずかしすぎる。

「どうせ着ないから、汚していいぞ」

湊は恵茉の脚を掴んで広げると、あえてシャツの裾でその場所を覆って、シャツ越しに触り始めた。

直接触られない分、鈍くて緩やかな刺激になる。優しさに導かれるように敏感な芽は膨らんで、密がとろとろとこぼれていった。

「やっ……湊っ」

「シャツ越しでも形がわかるようになった。ベタベタする……感じている？」

「いちいち、聞かないで！　あっ……ああんっ」

シャツを汚すのが気に入ったのか、湊は胸も隠すとその先を舐めまわした。湊の唾液で濡れたシャツが奇妙な刺激を運んでくる。

「あー、ある意味裸よりいやらしいかも」

ものすごく嬉しそうに言われて、恵茉はこれを脱いでしまいたくなった。でもそれより先に愛撫されて、ただ悶えてしまう。

「恵茉、見て」

背中を抱き起こされて、恵茉は自分の姿を見る羽目になった。

胸の先だけが唾液で濡れ、薄いピンク色に透けている。シャツの裾も色が変わって、肌に張りついていた。

「いいな。これ、明日までずっとこれ着ていて。いっそもう恵茉の服は持ってこなくていいかも」

「持ってくる！　湊の部屋に置いておくから！」

「じゃあ。今日はめいっぱい汚そう。恵茉のだけじゃなくて俺のでも」

なにをするつもりなのかと想像しかけて、恵茉は考えるのをやめた。

今はただ、彼の下の名前をたくさん呼んで、抱きしめ合って繋がって、隣で眠って一緒に朝を迎えたい。

そしていっぱい「好き」だと言い合おう。

これまで我慢していたことを全部さらけだして、愛を伝え合う。

言葉でも体でも……信じる種がたくさん芽吹くように願って。

番外編

片思いをしていたわけじゃなかった……と思う。


ただ始まりのあの夜、恵茉は彼に誘われて応じてしまった。

これまでそんな不埒（ふらち）な関係になどなったことがなかったのに。

男と別れてから知った裏切りに傷ついていたせいだとか。

酔いに任せて流されただけだったとか。

自分と違うタイプの女と付き合う彼の真意が読めなくて、だから知りたかっただとか。

後からたくさんの言い訳を並べたけれど。

一緒に過ごす夜を繰り返すごとに――気持ちが勝手に生まれてしまった。

恋人がいることも、好きになっても無駄だということも初めからわかっていたにもかかわらず。

叶わないと知りながら恋に落ちた。

だから思う。

恋の比重はきっと自分のほうがより重いのだと。

＊　＊　＊

同期会で利用する店は大抵いつも同じだ。予約がとれないとか、翔の結婚式の二次会だとかそういう特別なことがない限りほぼ変更はない。

会社や駅に近いこと、二次会に利用しやすいお店が近場にあること、常連のため融通が利くこと、飲み放題の時間制限が長めなことなどいろいろ理由はある。

そして、今夜は湊と付き合い始めてから二回目の同期会だった。

「あれ？　恵茉が早いの珍しいね」

「うん。今日は珍しく早めに終わったから」

ある程度の人数が集まった時点で乾杯を行う。その直後にやってきた友人に、恵茉はビールのグラスを渡した。

「髪だいぶ伸びたよね。伸ばしているの？」

「そういうわけじゃないけど、なんとなく」

本当はなんとなくではない。

二人でいると湊はよく恵茉の長い髪を触る。最近はどうも無意識らしく、指に絡めたり、すいたりと気づくと髪に触れているのだ。

髪が長いほうが好きなの？　とさりげなく聞いたら、湊は随分考え込んで、長いのはもちろんいいし、恵茉は短くても色っぽくなりそうだと言った挙句、いやどっちでも構わないと答えた。

なんとなくその時、亜貴のことを思い出した。

結婚式では髪をアップにしたいから伸ばすのだと言っていたことを。

自分たちにも結婚の可能性があればいい——そういう期待と願掛けのために伸ばして、結果的に切れなくなった。

付き合い始めた当初こそ、湊は結婚を匂わせていたけれど、いつしかだんだんとそれらしいことを口にしなくなった。

あの頃はまだ関係性が不安定で、恵茉も湊を信頼できなくて、それを払拭（ふっしょく）するために結婚を都合よく用いていたのだと思う。

今の二人は、よく言えば落ち着いてきたのだろうし、嫌な言い方をすれば馴染んできた。

週末は互いの予定が合えばほぼ一緒に過ごしている。半同棲状態だ。

今夜だって、二次会には行かずに二人で待ち合わせて湊の部屋に帰る。

大きな笑い声が響いて、そちらを見ると予想通りその中心には翔がいる。多少、騒いでも咎（とが）められないのもこのお店のいいところだ。

「堤くん、まだ来ていないのね」

「そうみたい」

翔のそばには大抵湊がいる。あの二人は部署が違うのにいつもつるんでいる印象がある。

恵茉と付き合い始めて、少しして湊はヨーロッパでの事業を展開するプロジェクトに参加することになった。最初は、海外出張に行けなくなった先輩の代理としてヨーロッパ出張に同行しただけだったのに、結局はそのままプロジェクトチームのメンバーに入って動くことになったのだ。

おかげで以前より海外出張が増えている。

「なんか……最近堤くん変わってきたらしいね」

「そうなの？」

「プロジェクトチームでかなり貢献しているらしいよ。元々仕事を器用にこなすタイプだったけど、熱意が足りなかった。でもようやく本領発揮し始めたって上層部が評価しているみたい」

確かに彼は能力がある割に重要な仕事には就いていなかった。どちらかといえば出世にはあまり興味がなさそうで、仕事もプライベートもほどほどに楽しむタイプに見えた。

けれど、いつか湊が呟いたことがあったのだ。

『結婚も父親になるのもあいつに先を越されたから、出世ぐらい先にしてやる！』と。

なぜ翔に対してそれほどライバル意識を燃やすようになったのかわからなかったけれど、実際こうして翔より半歩ぐらい先には進んでいるのかもしれない。

「だから社内の女の子たちが盛り上がっているんだって」

恵茉はビールを飲むことで大げさに反応しないように注意した。

湊が女の子たちの噂の的になるなんていつものことだ。

「付き合っている相手がいるとは公言しているけど、今回相手がはっきりしないらしいんだよね」

恵茉と付き合い始めた当初に流れていた噂は『S社の受付嬢と別れた』というものだった。それからしばらくして新しい彼女がいるらしいという噂になった。

どうやら湊は、自分から吹聴はしないものの、誰かに真偽を問われた場合は正直にそう認めているらしい。

ところが相手がどういう人かについては恵茉の意向を汲んで、誰に問われても言葉を濁している。

「だから実はいないんじゃないかって、断るための嘘じゃないかって言われているのよ。恋愛より仕事を選んだから今はそっちに集中しているんだろうって」

恵茉は友人のグラスにビールを注いだ。

まさか仕事に集中していることが、恋人がいない説にまでなるとは、噂とはすごい広がり方をするものだと思う。

確かに湊自身も『最近食事の誘いが増えた』とぼやいていたのだ。

『付き合っている人がいるからって断っているのにしつこいんだよな……なんでだろう』と。

まさかそれを嘘だと思われているとは。

女の子たちが騒ぐのもわからないでもない。

仕事に一生懸命な男はやはり輝いて見える。周囲に評価されればなおさらだ。

彼も今の仕事にはやりがいを感じているようだし、手応えも実感している。

出張が続けば会えない日も増えるけれど、その分お互い努力して連絡を取り合うようにしている。

それは今まで恵茉が経験してきた交際ではなかったことだ。

恵茉は基本的に受け身で、あまり自分から男性を誘ったり、会いたいと甘えたりしたことがなかった。けれど、よかれと思って行動していることが相手に不安を抱かせることもあるのだと知ってから、思い込みで行動しないように気をつけている。

最初に出張が続いて会えなかった時、恵茉は仕事に集中して構わない、自分は大丈夫だからと言った。

恵茉は湊の負担になりたくなくて、遠慮して言ったことだったけれど、湊にとっては突き放されたように感じたらしい。

『俺は少しでも声が聞きたい。きつくても会いに行きたい。おまえは違うの？』と聞かれた。

だから恵茉も『私も会いたいけれど、無理してほしくない。体を壊してほしくない。ゆっくり休んだほうがよければそうしてほしい』と答えた。

それからは話し合いだ。

それぞれが感じていることを言葉にして、二人の妥協点を見つけるために感情を晒(さら)す。

その行為は自分や相手の心に踏み込む分、精神的にはきつい作業になった。

けれど誤解とすれ違いと思い込みで傷つけ合い、セックスをすることであやふやにして逃げていた過去があったから、真剣に向き合うことができたのだと思う。

不安や不満を言葉にして伝えられるようになった。そうすることで互いを理解しようと努力している。

今の恵茉は、付き合い始めのような不安はほとんどない。

「恵茉は？　最近、恋愛関係の話聞かないけどどうなの？」

亜貴からはそろそろ話していいんじゃない？　と、この間会った時に言われたばかりだ。湊にも、恵茉の納得のいくタイミングで伝えればいいいと、それに合わせると言われていた。

これまでは聞かれても『今は恋愛から遠ざかりたい』と言うことで誤魔化していた。

でもここで『実は付き合っている人がいる』と告げれば、相手は誰だと問い詰められるだろうし、そこで嘘をつくのはさすがに卑怯な気もする。

「湊！　遅いぞ、おまえ」

翔の大声が響いて、湊が疲れた表情で部屋に入ってきた。

「俺は仕事だったんだ！」

首元のネクタイを緩めながら、湊は翔の隣に腰を下ろす。

髪が少し伸びたせいか、それとも疲労が漂うせいか。顔つきが精悍になって、疲れた様子でさえなぜか艶めいて見える。

年齢を重ねるごとに出る大人の男の色香のようなものが滲んでいて、恵茉は無意識に注視してしまった。

湊は何気なく室内に視線をめぐらす。

ふと目が合って、なぜか少しだけ見つめ合った。

同期会の場でこんな風に目を合わせたことは一度もない。いつもお互い意識して見ないようにしていたからだ。

不意に眼差しが緩んだ後、湊は翔に向かって笑いながらなにか話しかけていた。

恵茉がこの場にいるかどうか確かめたのだと気づいた。

眼差しが緩んだあの一瞬のアイコンタクトで、お互いの気持ちが通じ合った気がして、くすぐったい気分になる。

「ふうん。あながち噂も嘘じゃないんだ」

「え？」

思わず、見つめ合ったことがバレたのだろうかと焦る。

「堤くん、随分落ち着いているね。元々目立つ男ではあったけど、ちょっといいかげんなところとか軽薄な感じがあったのに一切消えちゃったみたい」

友人が言うほど彼を軽薄だとまでは感じていなかったけれど、女性慣れしていて仕事もプライベートも適度に有意義に楽しんでいるようには見えていた。

元々湊とは同期といえどもそれほど親しかったわけじゃない。彼と不埒な関係だった時は、意図的に深く知り合うのを避けていた。

彼の仕事ぶりだとか、女性関係だとかは噂で流れてくるものしか知らなかった。社内の女の子たちと同じ程度にしか把握していなかったのだ。

「あれは社内の女の子たちが色めき立つのもわかるわ。仕事に精を出して順調だからか、恋人が実在するならいい恋愛でもしているのか」

「いいなあ。羨(うらや)ましいっ」と言って、友人はビールをがぶ飲みし始める。このペースにひきずられないようにしないと、と自分を戒(いまし)めつつ恵茉は複雑な心境だった。

（落ち着いている、といえばそうなのかな……）

どっしりと構えだしたというか、自信が表面に出だしたというか、恋人の欲目かもしれないが魅力は増しているのだとは思う。でもそれで今まで以上に他の女の子の視線を集めてしまうのはもやもやする。

せめて自分も成長しているといいのにな、と恵茉は思う。

湊ときちんと付き合い始めて、自分の足りなかった部分に気づいたし、できるだけ言葉や態度で表現するように気をつけてもきた。

一緒にいることが自然になって、時に口喧嘩をしても翌朝には仲直りをする。

彼に想われていると実感し始めてから、自分を認められるようにもなった。

恵茉はビールが空(から)になると、こっそりオレンジジュースに手を伸ばした。隣に座る友人にはチューハイに見えるはずだ。

湊からは同期会で酔うのは禁止だと言われている。

結果オーライとはいえ、知らぬ間に湊の家に連れ込まれてしまったのは事実なので、素直に従うことにしたのだ。

「それより聞いてよ、恵茉！」と友人の婚活報告の愚痴に耳を傾ける。

その時、大きな音を立てて部屋の入り口が開いた。

「ミナト！」

突然の乱入者の存在と、すぐさま彼を見つけて一直線に進んでいく女性の姿に、周囲はしんと静まり返った。

「アンナ？　なんでここに！」

湊の驚きなど構わずに、彼がアンナと呼んだ女性は湊の首に腕をまわして抱きついた。

「きちゃった」

隣に座っていた翔も突然のことに呆然としている。

誰もが反応できずにいる中、もう一人の乱入者が開け放たれた入り口の向こうで声をかけてきた。

「堤！　今日は同期の飲み会なんだろう？　彼女は日本の飲み会とやらを体験したいそうだ。悪いが付き合ってやってくれ」

「は？　部長！　いきなりどういうことですか？　待ってください」

海外事業部の部長自らが、こんなところに連れてきた客人だ。みんなすぐさま彼女が重要な人物だと悟る。

「あの！　この方は？」

すぐに退散しようとした部長に、翔が大きな声を出して問う。

「今うちが話を詰めている取引先の企業の担当者だ。くれぐれも粗相のないように」

「部長！　待ってください。アンナ！　来るのは月曜の予定だっただろう？　どうして！」

湊は慌てて部長を呼び止めているが、彼は逃げるように去って行く。

月曜に来社予定の客人が金曜の夜にこの場にいるのだ。部長にとっても予定外の事態だったに違いない。そして彼女の希望を叶えるために、わざわざここまで連れてきたのだろう。

「せっかくだからドーキカイ、経験したくて。ぜひお仲間に入れてクダサーイ」

彼女は無邪気に言うとにっこりと笑った。

それから自己紹介を始める。

日本人の祖母をもつクォーターであること。大学時代は日本に留学してそこで日本語を覚えたこと。

今は商談中の企業に勤めていること。せっかくなので早めに来て、土日に観光しようと思っていることなどだ。

見た目はクォーターのためか目鼻立ちがはっきりしていて、とてもかわいらしい。日本語も流暢で、性格も朗らかで物おじしないようだ。なによりスタイルがいい。

体のラインがはっきりとわかるワンピースは、色はベーシックなのになぜか色っぽかった。

男性陣はそんな女性の登場を当然ながら快く受け入れ、女性陣も反論などできない雰囲気だった。

「もしかして堤くんの彼女だったりして？」

誰がどう見ても、湊に好意を抱いているのが丸わかりの現状に、誰かがそう呟いたのが聞こえた。

実はいないのではないか、という噂が広まっていた中での彼女の出現は、この同期会の場において様々な憶測を生んでいた。

「取引先の担当者、しかもクォーターとはいえ外国人。だからはっきりと言わなかったんだ」

と、そんな認識を与えたのだ。

突然現れた客人は、いまや注目の的だ。

基本、同期仲間は気のいい人間が多いのもあって、この状況もすんなり受け入れている。

湊の隣を陣取って甘えるように寄り添う姿を、むしろほほ笑ましく見てしまうのは、彼女があまりにも素直に正直に感情をさらけだしているせいだろう。

湊は、といえばそんな態度でいいのかと思うほど、冷たくあしらっているものの、無視することはできないようで仕方なく応じている。

けれど逆にそんな冷たい態度が『特別な関係だから、あんな態度でも許されるのだ』と周囲に思わせていた。

湊はこの状況を不本意に感じているし困っている。それは恵茉にもよくわかる。

アンナが触ろうとするたびに湊は遠ざけているし、時折翔を盾（たて）にも使っていて、恵茉を意識しているのは明らかだった。

取引相手の担当者と、密に連絡をとっているのも、相手が女性なのも知っていた。

海外事業部の業務内容など恵茉は知りようもないので、時差があるから週末のやりとりも必要なのだろうと思っていた。

（取引先の相手にモーションかけられているなんて聞いていない！）

「恵茉！　それ私が頼んだやつ」

「ごめん。もう一回頼んで」

「いいけど、恵茉、ワインは悪酔いするって言っていなかった？」

「今夜は飲みたい。飲もう」

「う、うん」

友人が頼んだ赤ワインのグラスを恵茉はすぐに空にした。

飲むなという湊との約束は、今夜は反故（ほご）にする。こんな状況、飲まなければやっていられない。

アンナは「これはなんデスカ？」と興味深そうにイカゲソをお箸でつついている。大学時代は飲み会に参加したことがなかったようで、居酒屋メニューに興奮しているようだ。

恵茉だって、彼女の目当てが湊でなければ、ほほ笑ましく見守れたと思う。

（帰りたい……帰りたいけど、二人にするのも嫌）

仕方がない状況だと頭ではわかっている。

男性陣は彼女のかわいらしさにデレているのもあるけれど、部長がわざわざ連れてきた相手だということは、仕事上の重要人物だと認識しているから対応しているのだろう。

湊も当事者であるし、周囲の協力を感じているから強く拒否もできない。彼女の隣から逃げることもせずに相手をしている。

たとえ二人が傍目（はため）にはいちゃついているように見えてもだ。

友人が新しくグラスワインを頼むついでに、恵茉も追加をお願いする。グラスワインは飲み放題メニューに含まれているので、恵茉はここぞとばかりに赤、白、ロゼの三種類を頼んだ。

最初にきた白ワインをすぐに飲み終えると、今度はロゼワインに手を伸ばす。

瞬間、大きな手がそれを阻んで恵茉はその相手を見上げた。

「飲みすぎじゃないか？」

ようやくアンナから逃げ出してでもしたのだろうか。湊が心配そうに恵茉を見つめながら小声で話しかけてきた。

「ほっといて」

湊が差し出したウーロン茶を拒んで、恵茉はロゼワインを口にする。

「飲みすぎだって！」

「あなたには関係ない」

「ミナトー、こっちへ戻ってきてクダサーイ」

「呼ばれているわよ、戻れば？」

「おい！」

湊が戻るのを待てなかったのか、アンナのほうがこちらにやってきた。

色素の薄い大きな目は好奇心に満ちていて、長い睫毛が縁取っている。近くで見るとかわいらしさがよくわかる。

なにより、湊の好みのタイプだと噂になっていた甘めな砂糖菓子系女子だ（プラス色気あり）。

湊と二人並んでいるのを見れば、お似合いだと誰もが思うだろう。

「ミナト、私、日本のショウチュー飲みたいデス」

湊の腕に大きな胸を押しつけながらアンナがねだる。

すぐさま聞きつけた誰かが気を利かせて「焼酎追加！」と店員に頼んでいた。

「アンナ！　離れろって」

「せっかく日本まで会いに来たのに、ミナトさっきから冷たいデス」

恵茉は思わず、すぐうしろに立っている二人を睨んだ。けれどそんな視線になど気づきもせずに、二人は「離れろ！」「嫌」の応酬を繰り返す。

誰がどう見ても、ベタベタカップルのやりとりだ。

「もしかしてアンナさんは堤と付き合っているんですか？」

とんだ勇者がいたようで、思っていても誰も口にできなかったことを彼女にぶつけた。

「オー、だったらいいんデスが」

アンナはにっこり笑った後、小さく肩をすくめる。

「残念デスが、ミナトからは会社の同期とお付き合いしていると聞きました。今夜はミナトじゃなくて彼女を見に来たんデス。誰かご存知の方いたら教えてクダサーイ」

独特のイントネーションで発した台詞に会場内がざわつく。

湊が慌ててアンナの口を塞いでいた。

「え？　こいつの彼女が会社の同期？」

「いやいや、この男は社内の女性とは付き合わないので、ここにはいないはずですよ」

「アンナさんじゃないんですか？」

「オー、お付き合いはミナトの嘘でショウか。それとも内緒の関係デスか？　でも、私がこうしてミナトにベタベタしても怒りにこないのだから、どうせ本気の相手ではないのでショウ」

「アンナ!!」

湊が再度大きく叫んだ。

さっきから、アンナ、アンナと親しげに呼ぶのが嫌だった。

ベタベタ触ってくる手を引き離してはいるものの、強く拒絶しないのがむかついた。

こんなのが彼女の挑発であることもわかっている。

でも――

「本気じゃないなんて、あなたに言われる筋合いはありません！」

恵茉は立ち上がると、湊とアンナに向かってそう怒鳴っていた。


「え、恵茉？」

友人が呆然と名前を呼ぶ声が聞こえた。

ここは同期会の場だ。

ここで暴露（ばくろ）すればすぐに社内には広まるだろう。それでも、彼女の言動には我慢できなかった。

たとえ湊にとって、仕事上重要な相手でも。

アンナは恵茉の大声に驚いたのかやっぱり湊にしがみついていて、湊もまた呆気にとられてそのままだ。

二人が抱き合っているような姿に、恵茉はさらに怒りが増した。

「私はちゃんと湊と本気でお付き合いしています。あなたがベタベタしても怒りにいかないのは、あなたがただの仕事の相手だと認識しているからです。みんなだって、あなたの立場を尊重して対応しているだけ。でも、私たちの関係が本気でないなんてことを、あなたに言われたくない！」

「では、あなたがミナトの恋人だと？」

「そうよ！　ミナトって名前で呼ばないで！」

叫んだ瞬間、くらりとして恵茉は膝をついた。

「恵茉！」

急に立って大声を出したせいか、視界が歪む。

「恵茉、飲みすぎだ、バカ」

「バカはどっちよ！　仕事の相手だからって恋人の前でイチャイチャして！　私が傷つかないとでも思っているの!?」

恵茉は体を支えようとした湊の手を反射的に振り払った。

「触らないで！」

「恵茉！　ごめん」

「アンナなんて親しげに呼ばないでよ！　ミナトなんて呼ばせないでよ！　簡単に抱きつかれたり

しないで！」

「ああ、悪かった。ごめん。おまえ以外には呼ばせない。触られたりしない。ごめんな」

湊にぎゅっと強く抱きしめられて、恵茉は今度は抵抗しなかった。

視界が涙で滲むのと唇になにかが触れたのは同時。

すぐに舌が入り込んできて、その馴染んだ感触を求めるように恵茉も応える。

体がふわふわして心許なくて、今すぐ不安をかき消したくて縋りつく。

どれぐらいキスを交わしていたのか。ゆっくりと唇が離れてふたたび湊の胸に抱きしめられた。

「というわけで俺の恋人は彼女だ。納得したならいいかげんにして帰れよ。仕事とプライベートは区別しろ。でないとトーマスに言いつける！　翔！　悪いが後を頼む」

「アラアラ、区別がついていないのはミナトのほうデス。せっかくいいお店紹介してあげたんだから、買った指輪はきちんと渡しなサーイ」

「うるさい。余計なお世話だ！」

「ミナト、後のことは俺に任せなサーイ。早川連れてさっさと帰れ」

酔いがまわる中で、恵茉は彼らのそんな声を聞きながら湊と一緒にその場を離れた。

その瞬間、会場内から雄叫びが響く。

騒いでも怒られない店でよかったと思いつつ、恵茉は取り返しのつかない事態に陥ったことに頭を抱えたくなった。

足元がふらつくのを湊に支えられ、恵茉は居酒屋の裏手にあった公園のベンチに座らされた。飲み屋街にあるここは公園とは名ばかりの小さなスペースだ。遊具などなく、ただいくつかのベンチと大きな木の周囲に花壇があるだけ。

湊が途中の自動販売機で買ったらしいペットボトルの水を渡してくる。

「水飲んで。おまえ飲みすぎだ。変な飲み方しやがって……」

飲みすぎた自覚はある。けれどそれもこれもこの男のせいだ。

隣に座った湊に支えられて恵茉は水を飲む。

体は熱くて酔いがまわっている。このままいっそ記憶をなくしてしまえればいいのに、あんなことを仕出かしたせいで、逆に意識ははっきりしている。

「彼女は既婚者だ。おまえが心配するようなことはない。でも事情があって秘密にしているから、ここだけの話にしてほしい」

湊の言葉に恵茉は大きく目を見開いた。

「だったら！」

「ああ、本当にごめん。傷つけて」

アンナは結婚している。それなのに湊にベタベタしていたのか。どんな理由があるのかわからないが、やはり恵茉が感じた通り彼女は挑発していたのだろう。

そしてそれにのせられて、恵茉は同期のメンバーの前で自ら湊との交際を暴露（ばくろ）する羽目になった。

それだけじゃない。

さらに彼らの前で熱烈なキスをしてしまった。

思い出すだけでも恥ずかしくて穴があったら入りたい。

けれど当の男はなぜか嬉しそうに笑みを浮かべている。

「飲むなって言ったのに……おまえ一定量超えると隙だらけになるんだから。はは……かわいかった」

「なによ！　なによ」

「恵茉のやきもちかわいかった。あんな風に嫉妬してくれて嬉しかった」

もっと甘えてほしい。わがままを言っていい。時折湊はそう口にする。

恵茉がなかなか甘えられないのを知っているからだ。

嫉妬を見苦しく思うのではなく、かわいいなんて嬉しいなんて、こんな甘い表情で言われたら、怒るに怒れない。

「ばれちゃった……」

「いいんじゃないか。俺はいつ知られても構わなかったし、そろそろきちんとしたいとも思っていた。おまえは？　こんな形で知られて嫌だったんじゃないか？」

去る間際の会場内の雄叫びを思い出せば、後悔したくなる。

せめて翔がなんらかのフォローを入れてくれるといいけれど。ついでに箝口令でも強制してくれたらありがたいけれど。

むしろアンナあたりがここぞとばかりにしゃべりそうな気もする。

それに近くに座っていた友人もかなり驚いていた。湊に連れ出される間際、親切にも恵茉の荷物を彼に預けながら「今度詳しく聞かせてもらうからね！」と彼女は言った。亜貴の言う通り、本当はもっと早く伝えるべきだったのかもしれないとも思う。

「月曜日の会社、怖いな」

恵茉は湊に寄りかかって呟いた。

月曜日からの会社だけじゃない。今後の同期会も――先のことを想像すると頭が痛い。

それでなくても湊は社内で注目されている。女子社員にどんな噂をされるかと思うと憂鬱になる。

「じゃあ、怖くないおまじない。本当はもっときちんとしたかったけどそれは今度埋め合わせする」

そう言うと湊はポケットから濃紺の四角い箱を出した。そこからケースを取り出し、蓋を開く。

中に入っていたのは、ただのファッションリングではない――特別な指輪。

恵茉はびっくりして湊を見る。

彼が手にしたそれは、薄汚れた街灯の明かりでも綺麗に煌めいていた。

「ぽろっとさ彼女の前で、結婚を考えている恋人がいて、名前が恵茉だって言ったんだ。そうしたらいいジュエリーショップがあるからって強引に連れていかれて……向こうで買った」

見ればケースにはemmaという金色のロゴが刻印されていた。

確かに恵茉という読み方は海外でも通用する。向こうならではの深い意味もあるのかもしれない。

自分の名前と同じブランド名の指輪を湊が選んでくれた。その気持ちだけでも胸がいっぱいになってくる。

「出張に行くたびに指輪は渡したのか、まだなのか、情けないってしつこくて。挙句の果てに、本気の女性にプロポーズもできない男とは一緒に仕事ができないとか余計なこと言いだしやがって」

出張に行き始めたのは……付き合いだしてすぐの頃だ。だとすればあの頃にはすでに湊はこの指輪を購入していたことになる。

不安を和らげるために結婚を匂わせていただけだと思っていた。

最近、話題にあがらなかったから、それこそ仕事に集中していて、結婚を考えるのはまだその先だろうと思っていた。

未来への期待と不安が交互に押し寄せてきたけれど、今は一緒にいられるだけでいいと言い聞かせていた。

「ブランド名に勝手に運命感じて選んだ。受け取ってほしい」

湊は指輪を手にしたままじっと恵茉の答えを待つ。

叶うことはないとわかっていながらあきらめられなくて、『二番目』でもいいから『浮気相手』でもいいからそばにいたかった。

気持ちが通じ合って嬉しかったのに、しばらく罪悪感や不安で押しつぶされた。

それらを乗り越えて、今の二人がいる。その先に結婚があればいいとは思っていたけれど。

付き合いだした時から、湊がきちんと結婚を考えていてくれたことが嬉しくてたまらない。

「嬉しい……すごく嬉しい。ありがとう」

じんわりとせりあがってくるものがあった。ふわふわとまるで雲の上にいるかのような感覚だ。

恵茉は左手の指を綺麗に伸ばす。

「指輪はめてくれる？」

湊はゆっくりと恵茉の左手の薬指に指輪をはめていった。

サイズなんかいつのまに把握(はあく)していたのだろうと思ったけれど、そのあたりは亜貴からの情報かもしれない。

「恵茉、俺と結婚してください」

まっすぐに真摯(しんし)に湊が言葉にする。

「俺にとって恵茉はずっと『一番』だった。これからも永遠に『一番』だから。恵茉を『一番』大事にする」

ずっと、誰かの『一番』になりたかった。

できれば『一番』好きな人の『一番』になりたかった。

恵茉は湊の首のうしろに手をまわしてぎゅっと抱きつく。

「私にとっても湊は『一番』よ」

どちらともなく顔を近づけてキスをする。

いろいろ考えなければならないことはあるけれど、今はただ幸せな気持ちを噛み締めていたい。

「恵茉？　恵茉？」

愛しい人が呼ぶ自分の名前を聞きながら恵茉は目を閉じた。

誰かがそっと頭を撫でている。気持ちよくてすり寄ると、ぎゅっと抱きしめられる。ああ、この腕の中は安心できる場所だ。

彼と一緒にいれば大丈夫、恵茉は今その気持ちがよくわかる。

そしてこれから先も一緒にいようという約束をして、その証をもらった気がしたけれど——

「夢……？」

「どんな夢見たんだ？」

「ん……すごく綺麗な指輪もらったの。嬉しかったな。これから先もそばにいられる約束……」

「夢にしてもらっちゃ困るんだが」

ぼんやりしていた意識が一気に戻って、恵茉は視界に飛び込んできたものを認識する。

「え？　湊！」

慌てて体を起こそうとすると、ずきずきと頭が痛んだ。

ここはすっかり見慣れた湊の部屋だ。そしていつものように彼に抱きしめられて寝ていたのだとわかる。

けれどいつここに来たのか……思い出そうとしたところで、自分の左手に夢で見たものと同じ指輪があった。

昨夜の記憶がまざまざと蘇ってくる。

「もしかして……夢じゃない？」

「夢じゃない」

昨夜は同期会で、突然の乱入者がいて、そのせいでお酒に逃げて挙句の果てに――

声にならない叫びをあげると、湊は面白がるように恵茉を見つめている。

「思い出したか？　だからあまり飲むなって言っただろう。まあ、昨夜は仕方がなかったけど。夢だと思いたいだろうけど、これは現実だって認識しろよ」

いろんな感情が昨夜のアルコールの残りと一緒に体を巡っていく。

同期のみんなに関係がバレてしまったこと。さらに人前で交わしたキス。

できればそのあたりは夢であってほしいのに、夢じゃないことを示す指輪は恵茉の薬指にきちんとおさまっている。

（ここだけ……ここだけが現実だったらよかったのに）

「もう飲みすぎない！　あんな飲み方しない」

「俺と二人きりならいいぞ。酔った恵茉はものすごくかわいくなるからな。でも昨夜みたいな姿、同期連中にも他の男にも見せるなよ」

朝っぱらから甘ったるい言葉を吐く男を、恵茉は拗ねたようにじっと見た。

「だったら湊も……他の女にベタベタさせないでね」

元はと言えば彼女のせいだ。けれど契約が無事済めば、きっとこれから先も湊は彼女と関わっていく。

あからさまな嫉妬の台詞をはっきり言えるようになった自分に、なんだかくすぐったい気分になる。

言われた湊のほうも「うわ、酔った時もかわいいけど、素面だとさらに破壊力抜群」とかなんとか言っている。

「ああ、絶対触らせない」

「うん」

「恵茉、いっぱい甘えていいから。我慢しなくていいから。俺にだけは恵茉の全部さらせよ」

「……うん」

「愛しているよ」

湊は左手の薬指にそっとキスを落とす。

「私も愛している」

まるで誓い合うように、湊がキスを落とした場所に恵茉も唇を寄せた。

それはお互いが『一番』であり続ける約束――

エタニティ文庫

反目し合う二人が一線を越えた夜

エタニティ文庫・赤

エタニティ文庫・赤

冷酷CEOは秘書に溺れるか？

流月るる　　装丁イラスト／一夜人見

文庫本／定価：本体 640 円＋税

CEO を慕い、専属秘書を務めてきた凛。しかし彼は病に倒れ、療養のために退任してしまう。新 CEO となったのは、気さくな前 CEO とは違い、仕事にとことんシビアな氷野須王。凛はそんな彼を受け入れられずにいた。彼とは極力関わらないでいようと考えた彼女だけれど、いつしか強く惹かれ――？

※エタニティブックスは大人の女性のための恋愛小説レーベルです。ロゴマークの色で性描写の有無を判断することができます（赤・一定以上の性描写あり、ロゼ・性描写あり、白・性描写なし）。

詳しくは公式サイトにてご確認ください。
https://eternity.alphapolis.co.jp/

携帯サイトはこちらから！

〜大人のための恋愛小説レーベル〜

エタニティブックス ETERNITY

俺様義兄の執着愛

禁断溺愛

エタニティブックス・赤

流月るる

装丁イラスト／八千代ハル

親同士の結婚により、湯浅製薬の御曹司・巧の義妹となった真尋。以来、真尋は巧から特別な女の子として扱われてきた。しかも、義理とはいえ兄妹のそれを越えるほどの親密さで。そんな関係が苦しくなった真尋は実家を出るけれど、激怒した巧に甘く淫らに懐柔されて……？　愛してはいけない人なのに、溢れる想いが止まらない——。切なく濃蜜なエターナル・ラブ。

※エタニティブックスは大人の女性のための恋愛小説レーベルです。ロゴマークの色で性描写の有無を判断することができます（赤・一定以上の性描写あり、ロゼ・性描写あり、白・性描写なし）。

詳しくは公式サイトにてご確認ください。
https://eternity.alphapolis.co.jp/

携帯サイトはこちらから！

この作品に対する皆様のご意見・ご感想をお待ちしております。

おハガキ・お手紙は以下の宛先にお送りください。

【宛先】

〒150-6008 東京都渋谷区恵比寿4-20-3 恵比寿ｶﾞｰﾃﾞﾝﾌﾟﾚｲｽﾀﾜｰ 8F
（株）アルファポリス　書籍感想係

ご感想はこちらから

メールフォームでのご意見・ご感想は右のＱＲコードから、
あるいは以下のワードで検索をかけてください。

アルファポリス　書籍の感想

シーツで溺れる恋は禁忌

流月るる（るづき るる）

2020年 9月 30日初版発行

編集－斉藤麻貴・宮田可南子
編集長－太田鉄平
発行者－梶本雄介
発行所－株式会社アルファポリス
〒150-6008 東京都渋谷区恵比寿4-20-3恵比寿ｶﾞｰﾃﾞﾝﾌﾟﾚｲｽﾀﾜｰ8F
TEL 03-6277-1601（営業） 03-6277-1602（編集）
URL https://www.alphapolis.co.jp/
発売元－株式会社星雲社（共同出版社・流通責任出版社）
〒112-0005 東京都文京区水道1-3-30
TEL 03-3868-3275
装丁イラスト－天路ゆうつづ
装丁デザイン－ansyyqdesign
印刷－株式会社暁印刷

価格はカバーに表示されてあります。

落丁乱丁の場合はアルファポリスまでご連絡ください。

送料は小社負担でお取り替えします。


ISBN978-4-434-27878-5 C0093